淘寶黃金手

第二輯　卷九　大起大落

羅曉　著

目錄

淘寶黃金手　第二輯

第一三一章

淘金窟

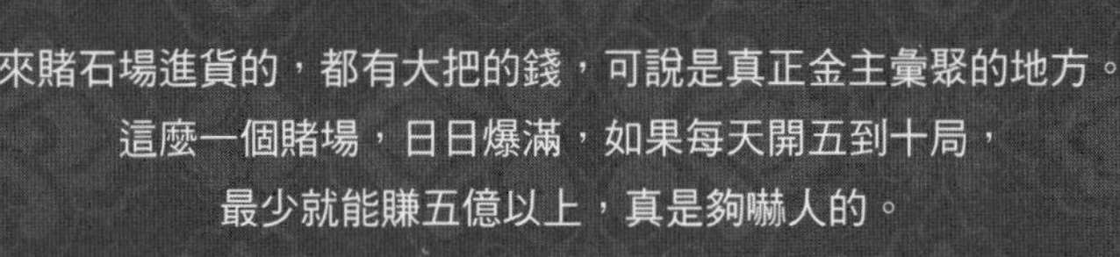

來賭石場進貨的，都有大把的錢，可說是真正金主彙聚的地方。

這麼一個賭場，日日爆滿，如果每天開五到十局，

最少就能賺五億以上，真是夠嚇人的。

沒想到，這裡還藏了這麼個淘金窟。

「來這裏的熟人，都會登記一個固定的手機號碼，我們就用這個手機號碼投注，基本上是不限投注金額的，隨便你下，只要你敢下，他就敢受注，除非有特別說明，否則是不會限注的。」

高明遠趕緊給周宣介紹著，「你要下多少注？我馬上幫你下，這兒新來的客人，通常是由帶他們來的熟人負責下注的。」

高明遠其實也沒有完全把內情說出來，賭場給帶玩家來的人還有抽成，投注金額越大，賭場給介紹人的抽成就會越高，最少都會有賭注的百分之五。

超過百萬元以上投注的會更高，超過千萬的至少就是百分之十以上，過億的會更高，這一點，高明遠卻沒對周宣說出來。

周宣淡淡一笑，說道：「那好，就隨便玩一下吧，不過，這些賭注的總金額在現場會不會顯示出來？」

「有的有的，在那兒。」高明遠當即指著前面頂端的一臺五十幾吋的寬屏螢幕，「那臺大螢幕上面，會有兩方投注金額的即時數字。」

周宣看了看那螢幕，果然顯示著兩個人的名字，左邊是魯大炮，右邊是阿星。魯大炮的名字下面是「四八五二三四」，而阿星那邊是「二三一一四一」，魯大炮的投注額是阿星的兩倍多。

周宣腦子頓時覺得這個數字有詐，想了想，當即把異能凝成束，四下裏掃蕩了一下。在螢幕後方的位置，大約三十多米處的一間防守森嚴的大廳中，周宣探測到賭場的資料控制室，數十上百個接線員一邊接電話，一邊在電腦上統計資料。

周宣特別注意了一下那裏統計的數字，魯大炮的投注金額其實只有四萬多塊，而阿星的投注金額已經超過了兩百萬，而且，投注魯大炮是一賠零點七，而阿星的賠率是一賠一。

就從這一點，周宣就覺得有問題，如果當真會讓阿星贏的話，莊家不會賠這麼低來故意弄玩家，真實的賠率應該就是魯大炮二賠一或者三賠一，阿星應該是一賠三以上，現在故意安排阿星一賠一，那就是做出阿星贏定了，莊家怕賠錢的假象。

而真正的投注金額，賭場方面發出的也是假數字。看來，還真如周宣的估計一樣了。

而且，投注阿星的數字還在急劇上升。當然，這是第一場。投注的賭徒都不會投大注，只會選擇小玩一把，先試試水溫，試探一下莊家的心思。

周宣笑了笑，只要他用異能把握住賭場方面的真實數字，那他基本上就贏定了。

「第一場，小玩一下吧，你幫我下一百萬。」

周宣輕描淡寫地說著，反而是把高明遠嚇了一跳。小玩就是一百萬，那大玩是多少？平時他玩一把，大多是五百，投得最多的數字不過是一千。

賭場的最低投注金額是五百，高明遠玩，選擇的就是這兩個數字。看得準的時候投一千，最多幾千，看不準的時候就只下五百，或者不投。

像他這種小玩家，只要控制住心態，贏錢的時候還不少，這也讓高明遠更喜歡來這個地方。

高明遠聽到周宣的吩咐後，怔了怔，隨即一喜，趕緊歡天喜地的給莊家打電話投注。一百萬，有近百分之七到八的抽成，不用他出一分錢，又沒有風險就能白賺七八萬，如果投注額更高，抽成也會更高。

而周宣第一下小玩就隨手投了一百萬，想想也知道，若是中玩、大玩，數字就更大了。同樣的，他的抽成就更多了，說不定把周宣帶來這裏玩一天，他就又多收入上百萬。

高明遠知道周宣白賺的就有三千五百萬，還不說他自己有多少錢，但想也想得到，憑周宣隨手就給他扔出七八百萬的豪氣，要玩賭，只怕出手就是上千過億了，再不濟，也會有幾百萬上下吧？

幫周宣的一百萬下了注後，高明遠才驚訝地想起，周宣剛剛要他投的是魯大炮的注，不禁「啊喲」一聲叫了起來。

「啊喲，不好，兄弟，你讓我投的是魯大炮？這可搞錯了！我慌裏慌張的，也來不及給你細說，這一局可是要投阿星才行的。」

「不用。」周宣微笑著搖搖頭，說道，「就投魯大炮。我對他感覺不錯，我覺得魯大炮會贏。他實力要比阿星強不止一籌的。」

高明遠哭喪著臉道：「兄弟，你真是搞錯了，莊家的錢哪有那麼好贏的？魯大炮明顯比阿星強，別人又不是傻子，誰都明白，魯大炮強過阿星那麼多，怎麼可能會贏？只要魯大炮贏了，莊家就要賠不少錢的。」

周宣笑笑指著螢幕道：「高經理，你們就是太信任莊家給的那些數字資料了。我覺得這數字是假的，現在這一局有假。」

「高經理，你再想一下，」周宣隨後又放低了聲音，悄悄對高明遠說道：「你自己剛才還都說了，別人都跟你一樣想法，在這種時候，越是這樣，就越要反其道而行才可以，如果大家都跟你一樣，那莊家怎麼贏？」

高明遠一怔，臉上肌肉跳了幾跳，隨即恍然大悟。

是啊，他是這樣想的，那別的人，至少絕大多數人應該也都是這樣想的，既然這樣，那肯定都是下阿星的注了，阿星真要贏了的話，那莊家不是要輸大錢了？

高明遠怔了一會兒，越想越是如此。正常的話，阿星的賠率應該是一賠三以上，現在是一賠一，明顯是遞出了一個信號：阿星會贏，魯大炮會輸。可是那些投注額呢？

一想到這裏，高明遠頓時冷汗直流了。

以往時贏時輸的，就是不能連贏下去，基本上是贏一下輸幾下，不過他下的不大，看準的時候才下一筆大的，大多是投小注，倒是沒輸什麼錢。這時回想起來，才覺得周宣說得對，那大螢幕上顯示的投注金額顯然有假。

說實話，高明遠自己還準備下阿星三千元的。在平時，第一局中，他是不下大注的，但今天因為高興，一來有周宣這個大客戶，讓他一夜成了千萬富翁，二來，周宣還在不斷增加他的財富，像周宣下這麼大的注，只怕今天又會讓他收入過百萬，這個提成絕不會少的。

不過，經周宣這麼一提醒後，高明遠便立即停止了下注，坐下來細細尋思了一陣後，不禁又瞧了瞧周宣，對他的看法又有些不同了。

昨天周宣給他的感覺，像是城裏來的官二代或是富二代，而且不是普通的等級，是一個揮灑千金而不變色的闊少，但從沒把他看成是一個心機很深、聰明絕頂的人。此時，周宣隨便的一個動作，幾句話，讓他尋思起來，這個周宣可不像一個被宰的肥羊，反而像是釣魚的人，只是又有些想不通，這樣聰明的一個人，又怎麼會胡亂把錢亂灑出去？

一扔就是七八百萬，這可不是普通有錢人能幹得出來的事。不過注也投了，到底結果會怎麼樣，還得等到比賽結束後才知道。

周宣瞧著賽場中的兩個拳手，異能卻在探測著控制室裏面，投注阿星的金額還在繼續增加，達到了四百多萬，而投注魯大炮的是一百二十多萬，其中有一百萬是周宣投的。

控制室中，有一個拿著對講機的中年男子指著顯示銀幕問道：「查一下，這個一百萬是誰投的？把攝影鏡頭對準他，把畫面調出來。」

周宣一怔，控制室裏原來還有監視器，可以觀看整個大廳的任何一處，看來這賭場可是下了大血本的。

從那中年男子面前的顯示銀幕上，控制人員飛快地把資料影像都調了出來，一邊又說道：「陳總，投注一百萬的是三號臺第四個席位，貴賓席。資料顯示是瑞麗玉石批發廣場一號館的高明遠經理……」

接著，又調出了高明遠的詳細資料：

「高明遠，三十六歲，本地人，輝煌玉石有限公司的經理。年薪一百萬，是這裡的常客，最大的投注金額是七千，最小爲五百，投最多次的注額是一千元，一萬元以上的金額從未投過，今天的一百萬投注金，是第一次。」

那陳總皺了皺眉，高明遠的資料沒問題，但他顯然不可能會下這麼大的注，而且，他也沒有這個能力下這麼大的注。

尋思時，陳總的眼光盯住了高明遠身邊坐著的一個年輕人，然後吩咐那個控制員：「查一查跟高明遠一起的這個人，盯緊一些。」

因爲周宣是新來的，如果不從高明遠身上查的話，他們也不可能得知周宣的任何資訊。陳總說注意，是爲防止周宣有什麼別的動作，因爲周宣投的一百萬注額，那可是把他們嘴裏的大餅給搶了一大份了。

他們這是一個大賭場，也可以說是一個大公司，整個公司才賺到三百萬，而周宣一個人就占了一百萬，不得不注意這個人。

當然，陳總也只是估計，高明遠這一百萬的投注額不可能是他本人的資金，現在他跟周宣在一起，那這一百萬，有九成是周宣投的注。只是不知道周宣是不是胡亂碰到的，如果不是知道底細的話，一般人是不敢投這麼大的注的，敢投這麼大注而且是亂投的話，那這個人起碼是一個超級有錢的人，得是超級富二代才敢這麼玩。

賭場中，最忌諱的是職業玩家高手，這一類人是他們不歡迎的。他們最喜歡的就是超級富豪們和他們的子女。這些人，賭場中都有專門的詳細資料記錄，如果真的現身賭場，他們就會花一切心思來拉攏這些人，讓他們玩得盡興。

但是高明遠身旁這個人，賭場的職員查了半天也沒查到結果，只好低聲彙報著：

「陳總，資料庫裏沒有他的資料，應該不是富豪的子女，世界賭業資料庫裏也沒有他的檔案，也不是賭場不歡迎的高手，要查的話……只能通過高明遠，或者是警方那邊了。」

那陳總沉吟了一下，吩咐道：「好好盯著他，看看他是真的憑運氣下注，還是另有花樣，一定要給我查清楚。」

陳總說完，又獨自思索起來，這個年輕人看起來其貌不揚的，再說，以高明遠的身分，又能請到什麼了不得的朋友？最多也就是某個富二代而已。看周宣的年齡也應該是，這一百萬的投注應是他隨便下的罷了。

因爲周宣投的這一百萬注額極是巧妙，如果再多一些，就會影響到陳總的判斷，影響他安排第一場的結果。

而現在，賭場只需要在形勢上再造勢一下，把賭徒們指引到阿星的那一方就行了。

當主持人大聲說「比賽即將開始」時，大廳中的吵鬧嚷叫聲頓時停了下來，這一局，將在比賽中見到分曉。

主持人開始說話時，投注也就定局了，賭場不再接受注碼，比賽即將正式開始。

通常在拳擊比賽中，都有一定的規則，比如不許踢對方要害及一些禁止手和腿的動作，比起自由散打搏擊來講，拳擊比賽中的規則是相當多的。

魯大炮擺了個弓箭步的姿勢，雙拳一前一後準備著。而阿星就顯得張揚了些，蹦蹦跳跳地在場中繞了幾個圈子，又踢腿又揮拳地做著熱身動作，樣子表現凶狠，雙手雙腿捏得「劈劈啪啪」直響，最後還把脖子扭了幾扭，發出炒豆一般的響聲。

這些動作，讓周宣馬上想起電影中那些武林高手的動作來，如果不是身有異能，已經探測得陳總安排的結果了，那又怎麼知道這兩個人到底誰會贏誰會輸？

觀眾們一看到比賽即將開始，都忍不住興奮，大聲吆喝起來。周宣聽得出，絕大部分的聲音都是在給阿星鼓氣，顯然是投了阿星的注。

阿星的拳腳動作也越來越快，看起來又狠又重，而魯大炮卻仍然是那個姿勢沒變。阿星瞅準了一個機會，迅即竄上前出拳，眼看這重重一拳即將要狠狠打在魯大炮臉上，眾人興奮地吼叫著，等待魯大炮被痛揍的場景。

不過，魯大炮在這個時候忽然出手了，頭一偏，讓阿星的拳頭擦著他的耳朵擊過，幾乎在同一時間，魯大炮一記重拳狠狠擊打在阿星臉上，阿星甚至都沒有叫一聲，便仰天一跤跌倒。

觀眾們頓時都驚呆了，誰都沒料到，形勢大好的阿星只出一拳便被人家擊倒了。

阿星倒在地上後，臉上全是鮮血淋漓，不用說，鼻子都給打歪了，一動不動，這一下傷勢極重。

觀眾呆了一下，隨即嚷叫起來，罵道：「孬種，起來再打……」「混蛋，起來……」

這些觀眾一見這個樣子，便知道猜錯了，阿星根本贏不了。好在這是第一場賭局，投注金額較小。不過輸了錢，心裏自然不爽。而在貴賓席的高明遠卻是高興得一下子跳了起來，周宣讓他下的一百萬贏了。

賭場的規則是，無論玩家輸與贏，仲介人都能拿到提成。但在他心裏，他當然希望周宣贏錢，贏了錢，周宣後面就會下得更大，給他的提成也會更高。

在這個時候，周宣的異能仍然探測著控制室那邊。做統計的女職員正把所有的投注量都統計出來。在電腦上，周宣清楚地看到，投注阿星的一共是四百七十一萬，而投注魯大炮的只有一百二十八萬。扣掉賠給投注魯大炮的注碼，莊家還是有盈利的。

而陳總和一干保安則是緊盯著螢幕上的高明遠和周宣，觀察著他們的表情和動作。

螢幕上的高明遠興奮地到一側的窗口兌換了賭場開的一百萬支票，因本金事後結算，現周宣暗暗一笑，別說在監控攝影鏡頭上，就是在現場真人盯著他，也不可能看得出來他有什麼異常的地方。

在他拿到的只是贏的金額。

高明遠拿著支票回到座位上，笑呵呵地把支票遞給周宣，說道：

「兄弟，這一百萬的支票你拿好，等走的時候，就可以在窗口那兒兌換現金了，也可以用轉賬的。這是黑市，連稅金都省了，淨賺的。呵呵，真夠勁啊，可惜我看不準，不敢賭，否則跟著兄弟下一注，多少也賺一點。」

說實在的，高明遠並不看好魯大炮，後來經周宣解說了一番，覺得好像是那麼回事，但

到底還是不敢投注，反正是第一場賭局，先看一看形勢。不料周宣卻真是贏了。

陳總和一干保安緊盯著高明遠和周宣，見到高明遠把支票遞給周宣，確定是周宣投的這一百萬注碼了，果然高明遠也沒那個氣魄，於是盯周宣就盯得更緊了。

「你們幾個，用前後三方的鏡頭監視這個人，小張，你帶兩個兄弟混到那個席位附近，近距離監視他，所有人都要注意他在投注前是否使用通訊設備，查看他身上是否暗藏有通訊器。」說完又補充了一句：「沒我的命令，不得輕舉妄動。」

在賭場現場中，早有人把那阿星抬下去了，而魯大炮也下場了。

主持人又開始說道：「第一場的閃電戰讓大家缺少了一些刺激感，下面第二場是重頭戲。七戰七勝的魯大炮將迎戰東俄殺人王彼德羅夫，彼德羅夫曾經在賽場上打死七個人，皆是一拳致命，拳力凶狠。這一局，到底七戰七勝的魯大炮能否延續他的勝績呢？還是殺人王彼德羅夫的重拳狠宰獵物呢？請大家拭目以待！現在，投注時間開始！魯大炮一賠三，彼德羅夫三賠一！雙方力量懸殊，大家想要金錢滿袋，又想親眼目睹鮮血淋漓的刺激場景，就盡情投注吧！」

周宣坐在位置上探測著陳總那兒。

陳總正在吩咐負責輸入投注金額的職員：「上一次是假資料，這一局咱們來個真數字，就把這一局的投注金額全數顯示出去。」

在賭場中的大螢幕上，魯大炮的投注額為四百七十一萬，上升數字緩慢。而彼德羅夫的投注額為七千六百六十二萬，幾乎是魯大炮的二十倍。周宣也為這個數字嚇了一跳。

上一局，莊家便贏了三四百萬，一天下來，要是安排五至十場，就算是五場比賽吧，那盈利也有兩三千萬，而這第二局的投注額竟然就高達七千多萬，而且數字還在急劇上升，恐怕過億都不難。這僅僅只是一場賭局而已，竟然就能席捲近億的現金，看來，他還真是低估了這個賭場的能力。

這一次的資料是真的，但周宣聽到人群中的嘀咕和猜測，大多數人都認為這資料有假，目的是讓大家像上一局一樣，把錢押在投注額少的那一方。

但這一局，下魯大炮的如此之少，魯大炮雖然七戰七勝，皆因他的對手都不強，沒有一個跟他是在同一級別的，但這個彼德羅夫就另當別論了。

彼德羅夫身高幾過兩米，而魯大炮身高約是一米九，高大的魯大炮在彼德羅夫面前也顯得像個矮子了。彼德羅夫的身材更是比魯大炮還要肥壯一倍有餘，只怕兩人一交手，魯大炮就會被彼德羅夫一拳打到半死。從外形上看，魯大炮是不夠彼德羅夫打的。

這種賭局，其實就是跟莊家賭心理。大家明知絕大多數是假的，但這麼多人下注，不是我方贏就是敵方贏，下兩邊的都有，莊家只會選定多的輸，少的贏，這樣才符合利益。

上一次是假數字，讓大家覺得會假打，會讓弱的勝，但事實上，卻是強的贏了，那麼這一次呢？

一干賭徒們都拼命的下注彼德羅夫，因爲他們都認爲，下彼德羅夫的人肯定比較少。這兩個人明顯有極大差異，跟上一局一樣，傻子都看得出來，彼德羅夫會贏！

力量如此懸殊，莊家還敢讓他們下重注，就表示彼德羅夫會贏。從賠率上也看得出來，下彼德羅夫是三賠一，下注三塊，贏了只賠你一塊，而魯大炮則是一賠三，下一塊能得到三塊，莊家的錢有那麼好贏麼？所以絕大部分人這一次都估計魯大炮輸定了。

就在這一瞬間，彼德羅夫的注碼已經過億了，而魯大炮還只剛到五百萬，如果按這個數字來算的話，下魯大炮的，會賠一千五百萬，而下彼德羅夫那邊是一億，扣掉賠出去的一千五百萬，還剩八千五百萬。這個數字，讓周宣都不禁咋舌。

周宣賺錢的本事就已經很厲害了，但這個賭場的吸金速度更讓他驚訝不已。因爲來這兒的都是一些大客商，他們來自全球各地。來賭石場進貨的，手中都有大把的錢，可以說是真正的金主彙聚的地方。這麼一個賭場，日日爆滿，如果每天開五到十局，最少就能賺五億以上，一個月的利潤有一百多億，一年就是一千多億，這個數字，還真是夠嚇人的。

沒想到，這裡還藏了這麼個淘金窟。

周宣嘆了嘆。要是在城裏，一定讓傅遠山來掀了這個賭場。這個賭場不知道害了多少人，看樣子，肯定是跟地方上甚至是省裏有勾結的，否則這樣龐大的賭場，如果沒有高層的人庇護，怎麼開得下去？

不過，這不關周宣的事。他也不想理會，只是既然自己到了這裡，那麼這些人的錢，他倒是想狠狠撈一筆。不撈白不撈，這些害人的傢伙，不知道讓多少人栽倒在這裏，出手懲治他們一下也不為過。

想了想，周宣便對高明遠揮手道：「高經理，替我下注魯大炮，一千萬。」說完就掏出支票來，簽了一張一千萬的金額。

高明遠有些顫抖，周宣還真是敢玩，這一千萬，他可以抽到一百多萬吧？本來還想靠賭贏點小錢就好了，看來現在根本就不用冒任何風險，直接從周宣身上，就能賺到一大筆傭金，這樣更好。

只是高明遠並不看好魯大炮，湊過頭對周宣低聲道：「老弟，這一局，只怕是那洋巨人要贏，魯大炮不是他對手。」

周宣笑笑道：「無妨，我倒是看好魯大炮，七戰七勝，我看好他。」

高明遠嘆道：「之前他對付的沒有一個是強手，贏得再多也不準，那七戰有很大水分的。老弟，我看還是下彼德羅夫吧？」

周宣直是搖頭笑道：「不用，不就是一千萬的小錢嗎，玩的就是一個刺激嘛。」

一句話就把高明遠的嘴堵死了。

高明遠搖搖頭，拿著周宣的支票到窗口投注。這個數目太大，還是親自去處理最好，再說，還可以在窗口跟那個女經理炫耀閒扯一下。以前人家是斜眼都不瞧自己一下，今天自己這麼豪氣地來投注，她想不對自己熱情都不行了。

第一三二章

反敗爲勝

在控制室中，十幾個人嚴密監控著周宣和高明遠。
在大螢幕上，高明遠本來在嘆氣魯大炮要輸了，
但魯大炮電光石火間卻忽然反敗為勝，讓他不禁呆了起來，
隨即才發瘋似的跳了起來，大叫道：「贏了，贏了……」

高明遠把一千萬的支票遞了進去，順便還摸了一下投注女職員細嫩的小手，呵呵笑道：

「魯大炮，一千萬。」

站在裏面的女經理吃了一驚。投大注的自然有，但一注就是一千萬的卻不多，而且，高明遠又是她認識的人，他怎麼可能一下出這麼大的重本？女經理趕緊過來，親自接待高明遠。

「高哥，喲，幾時發了這麼大財，敢下一千萬的重注了？」

「妮姐，我怎麼敢跟你瞎扯呢，呵呵，實話說吧，這不是我投的，是我一個鐵哥們，嘿嘿，真正的超級闊少下的注。這千把萬對他來說，只是一塊兩塊的小錢。」

高明遠說了一點實話，然後就又吹噓起來。在這個叫李妮的經理面前，他是一半真話一半假話，先調戲她一番再說。平時她一臉正經的高貴樣，現在卻是笑臉盈盈的，看來都是錢惹的禍，有錢就是大爺啊。

李妮是營業經理，實權並不大，真正的決策圈她根本就進不去，當然，一方面賭場也是爲了商業上的機密，避免走露風聲，訊息外流。

賭場方面對這個管理的極嚴，在控制室上班的人，所有人都不得帶手機以及通訊器材，除了保安組以外。因爲是帶有黑社會性質和官方聯營的機構，也沒有人敢去試著對抗。

李妮是管理投注的，當然會對大客戶有特殊待遇，所以窗口投注的女職員，個個都是美女，包括她自己。美女跟賭客是最好說話的，只要說幾句好聽話，甜言蜜語一番，就能讓客戶多下注百萬的現金。

李妮一聽，儘管真正出錢的是高明遠的朋友而不是他本人，一樣是笑臉盈盈，只要能給她們帶來大客戶的人，都是她們要拉攏的對象，於是笑吟吟接了支票，然後說道：「高哥，恭喜你啊，光抽成就超過百萬了。」

高明遠從來沒在她面前抬起頭過，這一下，虛榮心得到極大的滿足，哈哈笑道：「那當然，我那兄弟，第一局便小投一百萬，還贏了。哈哈哈，這第二場便投一千萬，那第三場、第四場呢……嘿嘿嘿……」

高明遠的口氣有點狂，按他的估計，周宣那麼有錢，是不在乎輸贏的，給他打賞的小錢就是七八百萬，輸個三幾千萬也是稀鬆平常的事，再說，周宣手裏那三千五百萬還只是白賺的，本錢都還沒掏呢，即使輸了，也不會傷筋動骨。

李妮一聽贏了錢，一邊招呼著高明遠，一邊趕緊暗示女職員打電話通知控制室。這種大投注的客戶，控制室是要密切監控的，特別是贏了錢的。

周宣探測得清楚，那個陳總見周宣又下一千萬重注到魯大炮身上，不禁狠狠皺起眉頭來。

這個人很可恨，像是知道他們的底細一般，一賠三啊，一千萬要賠三千萬。這一次，投

注魯大炮的其他注額不超過五百萬，而投彼德羅夫的注額已經超過一億一千萬了，即使賠投魯大炮的一千五百萬的三倍，也就是四千五百萬，他們賭場還能盈利六千五百萬，但他又怎能甘心讓周宣白白搶走他三千萬的利潤？

可是這一陣子的監控，並沒發現周宣有什麼不對勁的地方，而近身在周宣座位旁的那幾個便衣保安也拿儀器暗中測量過了，周宣身上除了一支手機外，再沒有別的通訊器材，高明遠也一樣，而且周宣自始自終都沒有拿出手機來，尤其是在讓高明遠投注之前。

他們觀察得十分仔細，周宣不僅沒有拿通訊器材出來，甚至跟左鄰右座或者其他地方的人遞個眼色、露個表情什麼的都沒有，看不出有一絲一毫的破綻，會下魯大炮，看起來只是他個人的決定而已。

陳總眉頭皺得越發緊，想了想，吩咐手下把高明遠投注的那張支票拿過來，這可是查證周宣身分的最好證據了。

如果周宣有什麼破綻，或者是買通了場子裏的內部職員私通消息，那麼就可以對付他；但如果周宣只是憑自己的判斷而投的注，那就沒辦法了，除非周宣贏得太狠。

在賭場贏大錢的人，若是一次半次，賭場方面絕不會插手，反而會恭喜祝賀，讓更多的人知道，在這裏是可以贏錢的；但若是連連贏錢，即使是正常憑運氣贏的，賭場反而可能會暗中整治，收拾一頓，責令他趕緊離開這個地方，更不准吐露口風，否則會有嚴重後果。在這方面，他們一直做得很周密，到現在都沒出過什麼意外。

當然，能一直贏到賭場大筆現金的人，還真沒出現過。幾乎每天都有偶然贏到大錢的，但通常這些人接著就會輸，或者第二天第三天還會加倍輸出去，甚至把老本都貼進去。

周宣沒料到的是，陳總會用他開的那張支票來探查他的底細。

女職員跟銀行的職員接線後，把周宣的支票傳真過去，銀行那邊不到一分鐘便即把資料傳了過來。

姓名：周宣，戶籍京城，名下有一間古玩店和珠寶公司，古玩店的資產爲廿七億，周氏珠寶的資產是一百一十六億。

這只是從稅務登記的註冊資料上得到的資訊。陳總一看，周宣年紀輕輕的，竟然有過百億的資產，不禁刮目相看起來，擁有這麼龐大的資產，一次投一千萬，倒不算得什麼了。

陳總看著電腦上的資料，一時間沉吟起來。

正沉吟間，又一行字顯示出來：妻子傅盈，是華人首富傅天來的獨孫女，周宣另外還擁有紐約華人街傅氏財團百分之八十的股份，現值約兩百億美金。是傅氏最大的財產繼承人。

陳總當即嚇了一跳。在此之前，他們的系統資料裏沒有周宣的記錄，是因爲周宣極少出現在公眾場合，所以他在上層名流中並不顯山露水。周宣作爲傅氏的繼承人，也只是一年多前與傅盈訂婚時媒體報導過，後來，周宣並未插手傅氏財團的事務，又回到了國內，所以在

富豪榜上並無他的名字。

陳總這時不再懷疑周宣的金錢實力，以周宣超過千億的身家，花這點小錢的確算是小兒科。不過，陳總又開始頭痛起來，他們這間地下賭場雖然財雄勢大，但若要把周宣這種身分的人暗中整掉的話，還是不敢的。

尋常一般的富翁還無所謂，但周宣這樣的身分，一動就會出大問題，他們勢力雖大，但萬一惹到城裏高層的力量，吃虧的說不定就是他們了。

所以，陳總開始頭痛起來，要是周宣老是贏，那也是很麻煩的事，除非能找到他出千的破綻，那就好辦了，可以狠敲他一筆錢後再放掉他。

像周宣這樣身分的人，如果在賭上面出千而被抓的話，對他們來講是一個奇恥大辱，會讓他們失去聲譽和信用，試問誰會願意跟一個喜歡出千、不講誠信的人做生意呢？

但現在的關鍵是，他們根本就查不到周宣有任何出千的證據。

他們已看了一遍又一遍的錄影帶，都看不出任何疑點，從頭到尾，周宣都沒用過任何通訊器，甚至連眼睛都沒朝別的地方看過，除了大螢幕和比賽的場地，其他地方他瞧都不瞧，唯一跟他有聯繫的人就是高明遠。

對高明遠，陳總等人同樣是一秒不落地監控著，也沒有令他們生疑的地方。他也沒打電話跟別人聯繫，連跟座位旁邊的人說個笑都沒有過，只有在投注窗口跟李妮等人有過交談而已。

賭場這套監控設備，安裝的是世界上最先進的監控設施，高清晰高密集，是陳總最引以爲豪的地方，可以說，比之拉斯維加斯和澳門的頂尖娛樂場毫不遜色。而且可以高速拍攝畫面，甚至能把子彈的速度都拍下來，想想看，一個人如果出千，無論他的手法有多快，那也快不過子彈吧？

第二局比賽開始。

周宣雖不懂技擊，但見過的高手卻極多，他身邊就有不少頂級高手，傅盈、魏曉雨以及阿昌阿德等保鏢，都是身手非凡的高手。

彼德羅夫上前便是重拳出擊，魯大炮頂了兩下，有些吃不住，只能邊打邊躲，很是吃力，但彼德羅夫身體極胖，拳力雖重，卻不靈活，魯大炮閃躲連連雖然吃力，但也不是不能應付的局面。

周宣自然不緊張，這一場魯大炮贏定了。要是彼德羅夫贏的話，莊家要輸出去六千五百萬元，這種事，莊家是肯定不會幹的。

可以說，每一場比賽其實都在莊家的掌控之中，只不過有時候是要用計謀策略，虛虛實實，交相使用，讓人防不勝防。

這一局中，賭場裏上千玩家絕大多數都下了重注在彼德羅夫身上，見到彼德羅夫占了絕對的上風，自然都是忍不住大叫起來。周宣仍淡淡笑著。

陳總在監控影像中見到周宣一點也不緊張的樣子，就覺得他不像一般闊少的性格，就算再有錢，也不希望賭局輸吧，可是看他這種淡然的表情，好像是真的無所謂。還是他已經知道底細了，認爲魯大炮一定會贏？

周宣表面上雖然聲色不動的樣子，但心裏也不免有些吃驚。這個賭場還真是來頭不小，關係複雜，能跟銀行和公安系統的人有極深的關係就不簡單了，而他的身分資料居然在那麼短的時間裏就給查了個一清二楚，確實出乎意料。

就在這一愣神間，比賽場中，彼德羅夫終於逮住了魯大炮的一隻左手，奮力一扯，然後雙手抓住了他的頭頸和腰部，大叫一聲便舉了起來。

這一下，連周宣都吃了一驚，難不成莊家準備輸錢？

不過異能探測下，控制室中的那個陳總倒是紋絲不動，沒有一丁點的驚訝和擔心。

周宣甚至想運異能把彼德羅夫凍結了，讓魯大炮逃出生天，但最終卻是強行忍住了沒有出手，既然賭場方面能夠輸得起六千多萬，他一千萬也沒有輸不起的道理。

但事實上，這一場卻是做戲而已，彼德羅夫還沒有把魯大炮砸到地上時，魯大炮一手反抓，把彼德羅夫的臉上抓出幾道血痕，彼德羅夫手一顫，魯大炮就雙手合擊，猛打在彼德羅夫太陽穴上，彼德羅夫徹底暈頭了，手一鬆，魯大炮就竄下地來。

隨即，魯大炮又一個迴旋踢，猛踢在彼德羅夫胯下，彼德羅夫一聲慘呼，雙手摟著下部撲倒在地。

主持人上前吹著哨揮著手，然後數數，「一，二，三……八九……十，彼德羅夫輸，七戰七勝的魯大炮贏，繼續延續著他的不敗戰績！」主持人數到十，然後宣布魯大炮贏。而魯大炮此刻還在喘著粗氣。

賽臺四周頓時吵了起來，鬧哄哄的一片。現在真是有人歡喜有人愁了，有人在大聲怒罵，吵鬧埋怨的人遠比歡喜高興的人多。

這一場，若不是周宣出手一千萬，分掉了莊家三千萬的利潤，莊家贏的就是一億多了。而現在，活生生被周宣分走了三千萬利潤。

陳總那邊，在控制室中，十幾個人嚴密監控著周宣和高明遠。在大螢幕上，高明遠本來在嘆氣魯大炮要輸了，但魯大炮電光石火間卻忽然反敗爲勝，讓他不禁呆了起來，隨即才發瘋似的跳了起來，大叫道：「贏了，贏了……」

他這個動作，似乎比周宣本人還要激動得多，似乎這一千萬是他下的注，而不是周宣下的注碼。再看看周宣，反而是平淡無奇，一絲半分的激動都不曾有，讓陳總越發覺得周宣這個人不簡單。

不過也的確是，周宣若不是一個很有能力的人，傅家的寶貝千金怎麼會看得上眼？陳總無論怎麼研究，怎麼觀察，都沒發現周宣有出千或者與外界有聯繫的動作，他的下注，只不過是憑感覺和直覺投的，如果真是這樣，陳總不得不佩服周宣判斷力實在太精準了。

今天一共安排了四場比賽，後面再安排兩場自主玩法，一共是六場。自主玩法就是讓觀眾席上的玩家們自己上去比賽。

不過這種比賽之兇險，這些人都是明白的。比賽不限制任何規則，只論輸贏，也就是說，進場的時候，會檢查不准攜帶任何武器或器具，但進場後，在比賽臺上，你能抓到什麼武器都不管，比如說，只要你夠力，把鐵欄杆折斷下來也沒人管，那是你的本事。拳腳上，也不限制任何招術，只要你能贏。

黑拳中，經常有被打死的人，所以比賽之前，莊家都會跟玩家簽一份協議書，表明是自願的。如果受傷或者死亡，莊家會有一定額度的補償。

通常自願者都是貪圖比賽中高額的報酬而來的，如果身手極好的人，當然是好事，又能贏拳又能贏錢，莊家有酬金，而且自己還可以下注，如果覺得自己一定能贏，也可以下自己的注。

當然，如果莊家不控制賽事，由他們公平決鬥的話，一切都沒問題；而一旦莊家插手賽事，那自然就是演戲了。而莊家插手的賽事，對於拳手雙方來講，報酬更高。

高明遠喜笑顏開地又要跑去兌獎，被周宣一把拉住。

「等等，這次的獎金，你讓賭場開兩張支票，一張二千五百萬，一張五百萬，是給你的辛苦費。」

高明遠呆了呆，反應過來後大喜若狂，這周宣，當真是豪爽，這一撒，又是五百萬的小費，不可謂不大方啊。

周宣的舉動亦把陳總及一干手下們都驚呆了，一出手就是五百萬的打賞，便是他們的大老闆也不曾如此大方過啊。

就說陳總自己吧，如此辛勞地苦幹，一年的薪水也不過是兩千萬，月入只有一百多萬，而周宣隨手打賞的錢，就已經是他幾個月的薪水，如何不驚訝？

其他保安部的那些手下們，以及控制室中的男女員工們，無不是豔羡之極。他們的薪水比起外面公司或者是公務員來，無論是薪水待遇或是福利，都要高得多，但也分等級，中低等員工只在一萬上下，高層管理人員更高一點，但比起周宣這種豪爽，那真是小巫見大巫了。

陳總一邊眼紅，一邊嘆息，這個年輕的男子真不愧是世界超級富豪之一，而且是低調的

隱形富豪。之前傅家的當家人傅天來，實際上現在已經不是富翁了，他的股份都轉到了周宣名下，傅天來現在擁有的，只是對傅氏財團的領導權而已。

高明遠歡歡喜喜地到窗口讓李妮開了兩張數字不同的支票，又調戲了李妮一番，這才回到座位上。

回到座位上後，高明遠把那張二千五百萬的支票遞給周宣，自己則是笑納了五百萬的那張。

周宣笑了笑，索性把之前那一局贏下的一百萬又掏出來，遞給高明遠，笑道：「高經理，這一百萬，你也拿去吧，我懶得換了。」

「這……哦……」高明遠一邊接了支票往衣袋裏揣，一邊又訕訕道：「這……這怎麼好意思，剛剛……剛剛……」

剛剛才給了他五百萬，這一下又給了他一百萬，今天他已經給了他六百萬的小費了，而且這些錢是連稅金都不用交的淨收入。加上昨天周宣給他的七百多萬，他當真已經是千萬富翁了。

一天就是幾百上千萬的打賞，而且今天才剛開始，說不定到後面他還會賭更多更大，還會贏更多！

賭場最多不過是給他上百萬的抽成吧，再說，賭場給他們的回扣，一般都是賭場贏了你的錢才行，像周宣這樣儘是贏賭場的錢，賭場怕是也不會那麼爽快再給回扣吧？

兩相比較，還是周宣遠遠要給得多，所以，他現在也不去考慮賭場給的回扣了，還是努力幫周宣把賭局贏下來吧。

到了這時，高明遠可以肯定一件事，那就是，只要周宣能贏錢，就不會少給他賞金，當然，輸錢的話就不一定了。不過，後面就算輸錢，也無關緊要，反正周宣是不會把打賞出去的錢給要回去的，只是，最好周宣能一直贏錢，因爲他贏錢了，才會給他更多小費，這可遠比賭場給他的回扣要多得多了。

此時，高明遠甚至覺得自己的眼光一下子高了許多，賭場給的回扣都不瞧在眼裏了。

不過，高明遠很是納悶，這兩局，他的看法都與周宣是相反的，周宣雖然下了注，但他一點也不看好，而且周宣根本就不聽他的推薦和分析，看著周宣很和善、很好說話，但在投注上卻極有主見，一點也不受外人和外界影響。

就算這樣，兩局卻都偏偏贏了。高明遠索性不再去推薦周宣投什麼了，或許周宣自己的看法確實要比他高明，還是替他跑跑路，賺賺小費罷了，即使後面不贏錢，今天拿了六百萬的小費，那也足夠了。

主持人又介紹著第三局的比賽：

「現在是第三場比賽，也是最刺激驚險的一場比賽，梁山英雄燕小二的後人，全國武術散打冠軍燕雪松，另一方是長白山的……」

主持人把話音停了一下，然後加大了音量，拖長了聲音，一個字一個字地說道：「長白山的老山黑熊，黑瞎子！」

周宣一聽，當即怔了一下。

黑熊一般身長一米二到一米八，雄熊能達到一百五十公斤以上，雌熊要輕一些，也有九十公斤左右。亞洲黑熊還算是體形較小的，美洲黑熊能達到驚人的四百五十公斤以上，北極熊就更不用說了，是世界上體形最大的熊類。

這個黑熊黑瞎子可不是人力可以贏得了的，黑熊被稱爲黑瞎子，倒不是因爲牠真的是瞎子，而是牠的眼睛看起來像瞎子戴墨鏡的樣子，所以被稱爲黑瞎子。

像熊這種動物，不論是哪一種類型，就跟虎獅一樣，是人類不敢直接面對的動物之一。這個賭場居然還搞人獸比賽？簡直太瘋狂了。這個賽臺也不是封閉式的，觀眾安全麼？

不過，周宣在驚詫後，發現絕大多數觀眾並不驚慌，反而只有興奮的表情。高明遠側頭對周宣介紹道：

「兄弟，沒想到今天還能碰到人獸鬥的比賽。通常這種比賽，是很久才會有一場的，要很早之前就作好安排，你真是有運氣，我都沒想到。」

周宣正要再問時，忽然發現，那主持人退了幾步，手一揚，賽臺處就緩緩從地底下升起一個巨大的鐵柵欄，一直升到四米高才停下來。

這是一個粗大的鐵籠子，每一條縫隙只間隔二十公分寬的距離，每一條鐵桿都有兒臂粗，這樣的籠子，任憑什麼猛獸都能牢牢關住了，觀眾的安全是肯定沒問題的。

接著，籠子下方又緩緩升起一米見方的臺子，臺子裏是一個人，拳師打扮，年紀三十歲左右，看起來很是精悍，大概就是主持人口中所說的燕雪松了。

燕雪松在籠子中輕盈轉了一圈，演試了幾下身手，十分輕盈，正適合遊鬥，但看他的身材和力量，是遠不如前兩場中的拳手了。

等燕雪松停下來後，一抱拳，然後靠邊。他對面的臺面中，又緩緩升起一個橫寬三米左右的無頂鐵籠，籠中是一隻肥大的黑熊，正齜牙咧嘴的，看牠的體形，幾乎有燕雪松三個大。

觀眾席中忍不住就是一陣驚呼聲。野獸與人鬥，那恐怕不是人能夠遙控的吧？要說與什麼豺狼、豹子等體形小一些的野獸相鬥，人或許還有一些勝算，但若是與熊虎獅等大型動物徒手相鬥，那可是一點勝算都沒有的。而且，關在籠中又不像是在空曠的外面，想逃都沒地方逃，怎麼贏？能保得住命就算不錯了。

燕雪松也有一些緊張，緊緊地盯著籠裏的黑熊，從這個樣子看，觀眾就已經知道結果

了，這還用比嗎？黑熊又不是人，如果是人的話，還能聽話，受人指派，這野獸怎麼受人安排？要說有馴獸師在場，有人指揮牠，也許還行。

周宣趕緊又把注意力放到了控制室裏面的陳總身上。這個陳總望了一眼控制室中的上百名職員，這場與黑熊的比賽，除了他和副經理，就沒有別人知道了，燕雪松和黑熊都是秘密送來的，賭場方面都是嚴格保密的。

陳總想了想，然後把身邊的那個副經理一起叫到他的辦公室，把門關上後才低聲問道：「阿明，這事沒有走漏消息風聲吧？」

那個副經理笑笑道：「二哥，我是你的親弟弟，我辦事你又不是今天才知道，放心吧，除了你我，就再沒有第三個人知道了。嘿嘿，誰也不知道燕雪松就是把黑熊養大的人！我在他的熊場看過，他跟那熊的表演真是恰到好處，完美無比，根本就瞧不出來。那熊幾乎是能看懂燕雪松所有的表情，只要燕雪松想，那黑熊就能表演出來，牠尤其會表演裝死，只要燕雪松不發話，那黑熊就可以不動彈，一直裝死，這一場下來，二哥，場子只怕是要贏大錢了。」

周宣面上不動聲色，心裏卻笑了。好傢伙，竟然把養熊的人和黑熊都帶來表演，這一場賭賽，恐怕玩家賭客們會輸到肉痛了。

那主持人站在籠子外面的臺子邊上，拿著麥克風大聲道：

「大家看好了啊，長白山之王，最凶猛可怕的黑瞎子，接近三百斤的體重，與來自山東的燕雪松將進行一場人熊鬥！大家看看，這一場究竟是熊撲死梁山後人呢？還是梁山英雄再延續打虎傳說？請大家下注！燕雪松一賠四，黑熊二賠一！有二十分鐘下注時間，請大家儘快下注！」

主持人一說完，燈光師就把燈光照在籠子上。百分之九十九的人眼光都落到了那隻熊身上，而沒注意燕雪松。但周宣卻注意到了，燕雪松做了一個很小的動作，那黑熊一見，當即咆哮起來，狠狠地撲咬鐵籠子，長長的大尖牙極是嚇人。

看到這麼凶狠的黑熊，體形又如此龐大，燕雪松瘦小的身體又如何能贏？能保住性命就不錯了。卻不知這頭黑熊是被馴化了的，而且從一生下來就被燕雪松養大，沒有半分野性，而且極爲聰明，被燕雪松訓練了許多動作。

「一賠四？」周宣心中又笑了起來，這一下賺頭可就更大了。想了想，故意在鏡頭面前問了一下高明遠：「高經理，我想問一下，這燕雪松是一賠四，而黑熊卻是二賠一，賠率怎麼不對等？」

高明遠笑了笑解說道：「這就跟賭足球一樣，有時候莊家開出來的賠率並不表示他們對那場賽事有所控制，只不過是賠水頭。這一場，只要下黑熊的人多，下燕雪松的人少，兩邊

的注額最後按賠率能對等就行了，這樣的話，假設水頭是百分之二十，如果投注額是一億，那麼莊家就能坐收兩千萬的水錢，也是有賺不賠的。」

因為這一局是人獸鬥，觀眾玩興更大，周宣探測到，投黑熊的注碼直線上升，超過了兩億，而投燕雪松的注碼只有區區一千萬不到，即使是一賠四，也只有四千萬，而押黑熊的注碼還在急劇增加。

而陳總又在指使控制室那邊發出虛假的投注金額，這一下，顯示器上顯示，兩邊的注碼相差不大，都接近一億，還都在此起彼伏的上漲。

周宣嘿嘿一笑，把那張三千五百萬的支票掏出來，遞給高明遠道：「高經理，想不想發大財？想就投注，狠賭一下。」

高明遠一見周宣的動作，心裏就狂跳起來，看來周宣是準備玩大的了。如果又贏了，怕是小費又會給不少吧？看樣子，周宣是要把二千五百萬都投進去了。

周宣把支票遞到高明遠的手上，然後拍了拍他的肩膀，淡淡道：

「高經理，別激動，就是賭賭而已，反正是賺來的錢，不如把它再翻幾番，呵呵，替我全下燕雪松，你要下多少自已考慮。」

周宣的話，頓時讓陳總及他的手下們心裏一緊，尤其是陳總。周宣那張支票是二千五百萬，以一賠四，就得賠給他一億，照現在的投注額來看，投黑熊的有兩億五千萬，估計能達到三億，還有一千萬的燕雪松注碼，總數就得賠出去一億四千萬，賺頭就只剩下一億六千萬了，金額雖然仍是極大，但一下子給周宣賺走一億的現金，心裏如何能平靜？

陳總眉頭都皺到了一團，一時卻是無他法可想。要不是還有一億多的賺頭，他真想讓周宣狠輸一把，但事實上，周宣每一次投的注，都捏住了他們的軟肋，讓他們無可奈何。

高明遠卻又是一怔，周宣要下的注碼又是與他相反，前兩次雖然錯了，但自己心裏總不服輸，認爲周宣不過是運氣好，現在這一次，無論如何是自己對了，那黑熊如此凶猛，他怎麼要去下注燕雪松呢？

但看到周宣不容分說的表情，高明遠就知道，他不用再勸周宣了，只能去投注。不過，本來是想讓周宣投黑熊，自己也跟著下個一百萬，開個洋葷的，現在卻沒有心情了。於是，在李妮那兒幫周宣下了燕雪松的注後，高明遠想了想，還是算了。

周宣探測到高明遠只幫自己下注，沒有投他自己的，不禁淡淡一笑，坐下來瞧著大螢幕的投注顯示。當然，他的這個動作只是做給陳總等人看的。

陳總一直陰沉著臉，旁邊一個手下湊上前低聲道：「陳總，要不要我找兩個兄弟把他請出去再……」

「沒我的命令，不准動這個人！」陳總斷然拒絕。要動周宣可不是想動就動的，如果沒有想好對策，沒有把握就把他動了，只怕引起的後果，就連背後的老闆都不敢負責。

他們現在只知道周宣表面的身分，還不知道周宣背後不爲人知的關係，他可是城裏的富商，說不定與城裏的大佬們有關聯，如果惹到了那些大佬們，那就很麻煩了，搞不好這兒也做不下去了。

那手下討了個沒趣，灰溜溜退開了，在座位上的周宣心裏冷笑了一下，這些人不動自己便罷，要是真敢來動自己，就把他們這兒鬧個底朝天。

第一三三章

鹹魚翻身

上一局中，那黑熊凶狠地抓咬猛撲，燕雪松一直都是在瘋狂逃命，
卻沒想到燕雪松最後鹹魚翻身，竟然把黑熊給打死了。
這一局，魯大炮與雄獅的對戰更明顯了，明顯是魯大炮將贏的局面。

二十五分鐘的投注時間比起別的場次要少十分鐘，很快就過去了，主持人宣布結束投注時，大螢幕上兩邊的注碼均爲一億五千多萬，數字十分龐大。

實際上，投黑熊一邊的注碼達到驚人的三億一千多萬，而投燕雪松的，只有四千六百多萬，周宣不禁嘆起氣來，這裏的賭客們真有錢，只不過絕大部分都要給賭場騙走了。

就在再次探測控制室陳總那些人時，周宣的異能無意中掠過了二樓的特級貴賓臺，就在一間窗口裏，他看到了一個熟人，楊天成！

位於大廳上層二樓的特級貴賓席，多達上百間，剛好圍著賽場的一圈。房間裏配備齊全，有電腦、電話，還有一臺六十寸的平板顯示銀幕。

大銀幕是專門播放比賽現場影像的，房間前面是玻璃窗，可以實地觀看比賽，裏面的設施都是按酒店的房間來配置的，讓客人更舒適方便。玻璃窗的玻璃可以看得到外面，但從外面是看不進來的，以確保客人的隱私。

在房間裏，不論他們幹什麼，外面都看不到也聽不到，可以說是又嫖又賭，只有你想不到的，沒有他們做不到的。

不過，這樣的貴賓室費用可不低，一天的費用就高達五千元，但對大客戶來說，隨便撒出去的賭資零頭都不止這一點。

楊天成，這個很神秘又富有的人，在高明遠的廠裏，周宣見過一面，隨後又匆匆而去。

而高明遠顯然有些害怕這個人，想必他是不簡單的人物。

周宣知道自己的一切行動都被陳總那邊緊盯著，說話和行動都得特別小心注意，以免被他們看出什麼破綻，不過，自己的身分是個護身符，諒他們也不敢輕易動手，而且，他們並不知道自己與警方有聯繫，這一點，怕是他們怎麼也查不到的。何況，一個這麼有錢的富豪，又怎麼會去做一個小員警？

周宣考慮了一下，然後問起高明遠：「高經理，昨天在你廠裏賭石的時候，那個楊先生好像來頭很不小啊，你知道他是幹什麼的？」然後又故意說了聲，「我看他好像不是玉石商人，因爲他賭石和買玉的樣子並不專業。」

高明遠聽到周宣忽然問起了楊天成來，怔了怔才回答道：

「這個……他的確不是專業的玉石商人，簡單地說，他是國外一個大投資基金的負責人……在國外背景很複雜……」

高明遠說的話並不是很清楚，但周宣卻懂了。在國外，一些投資基金與黑社會有勾結，所謂的投資基金組織，其實就是那種帶有黑社會性質的高利貸組織，這種人，自然是高明遠惹不起的人。況且，楊天成並不是中國籍，在國內犯了罪，只要沒有在國內被逮住，逃到國外後，基本上就是拿他們沒辦法的。

高明遠說完，又低聲地對周宣說：「我還懷疑他搞毒品。因爲有一次，他在我的廠裏好

像毒癮發作了，保鏢扶著他到小房間裏好久才出來，肯定是去吸毒打針了。」

周宣一怔，隨即心裏一動，這個楊天成……會不會與這次來的目的有關聯？

一想到這件事，周宣立即把注意力放到了楊天成身上。來到瑞麗後，一直聯繫不上毒販上家，也不知道那毒販究竟還要他等多久，來這個賭場後，差點忘了傅遠山交代的事，現在，高明遠的一句話，才讓他又記起了自己來瑞麗的目的。

這時，主持人大聲宣布著：「結束投注，比賽開始。」大家的眼光就又都投到了賽場中間，燕雪松緊張地盯著黑熊的籠子，黑熊一直在他的暗號下凶悍的撕咬著籠子，做著假動作。

周宣探測到，楊天成這一局在黑熊身上下了五百萬元的注碼。周宣等著看好戲了。

主持人一聲「比賽開始」後，操控人員按了開關。黑熊隨著籠子的落下，與燕雪松單獨相處了。眾人的心情都隨之緊張起來，大廳裏難得一見的安靜了下來。

黑熊也在眾人的注視中，嚎叫著撲向燕雪松。

燕雪松的動作確實很輕盈快捷，一閃身就躲避了過去，然後在籠子裏上下竄跳，黑熊雖然樣子凶悍，但動作笨拙，而燕雪松一下子竄到籠子上方的柵欄，讓黑熊抓不到，但顯然這個動作無法維持太久，一旦力氣衰竭後掉下來，就會成爲黑熊爪下的冤魂了。

不過周宣卻明白，燕雪松雖然動作做得很小心隱秘，但周宣依然捕捉到他在給黑熊發著指令，黑熊也在配合他，表演著凶狠的表情動作，讓觀眾席上發出一陣一陣的尖叫聲。

這是陳總要求的，不能讓觀眾們看出破綻來，要讓燕雪松「很真實」地把黑熊幹掉，而且，為了讓動作更逼真，陳總的弟弟還在其中一根柵欄上做了手腳，讓手下先鋸斷了，然後用膠水沾好，再刷回原來的漆色，讓燕雪松在最後也是最關鍵的時候，「顯露」一手高強的功夫，把這鐵欄杆打斷，這樣，他就成了觀眾心目中真正的武術高手，打死黑熊的事，觀眾們也就不會懷疑了。

不過，觀眾仍覺得不過癮，燕雪松老是逃竄，不跟黑熊正面相對，也就少了許多刺激，不禁都在臺下叫嚷起來。

周宣看到高明遠極是緊張，因為他看好黑熊，但周宣下的是燕雪松，又是二千五百萬的巨額數字，如何不緊張？周宣這一局要是贏了，那就是一億的利潤，想想都會緊張到心跳。

周宣拍了拍高明遠的肩膀，安慰他道：「別緊張，這只是賭博。賭嘛，自然是有風險，富貴險中求。你知道，我這錢不過是從你那兒白賺來的，我都還沒掏一分錢的本金出來，所以我是不緊張的。」

「是是是，反正是贏來的錢，能贏當然是最好。」高明遠也趕緊附和著周宣的語氣，要真是輸了，周宣有這種想法，那當然好，起碼不會不開心。自己一直都在擔心這事呢，周宣自己有這種想法就最好了。

賽場中，燕雪松在籠子裡竄來竄去的，黑熊在下面追著燕雪松的身影亂抓亂咬，只是搆不著。過了一陣子，燕雪松終於有些力弱了，一下子失手，摔在臺上。雖然絕大多數人投了黑熊的注，但這一刻，也不禁緊張起來。

黑熊搖搖擺擺過來，伸出爪子要抓燕雪松，危急中，燕雪松一個打滾，迅速溜開了，然後跳起來，雙手又抓在了欄杆頂端。黑熊頓時把身子立起來，像人一樣，用一雙後腿站立著，又向他抓了過去。

燕雪松這一下沒有往別的地方竄逃躲閃，而是鬆了手，落到地上蹲起身，身子一貓，從黑熊胯下竄去，狠狠兩拳擊打在黑熊的下體上，然後從黑熊胯下竄過去，一下子站在了黑熊背後的位置。

黑熊狂嚎一聲，似乎極爲疼痛，身子搖擺起來。燕雪松更不遲疑，又是狠狠兩拳擊打在黑熊腰部，黑熊承受不住，一下子就倒在了地上，扭頭嚎叫不止。

燕雪松又急竄到前面，再兩下狠手，擊在黑熊頭頂上。黑熊終於顫抖了一下，就不再動彈了，看起來是死了。

燕雪松不敢鬆懈，再用力一掌。不過，這一掌擊出後，腳上突然打了一下滑，一掌擊在了鐵籠子上，「喀嚓」一下，一根比手臂還粗的鐵欄杆竟然被燕雪松一拳給打斷掉了。

本來有很多人還懷疑燕雪松怎麼能夠打死一頭高壯的黑熊的，但現在眼見他一拳就把這麼粗的鐵欄杆打斷，那把黑熊打死也不是奇怪的事了。

燕雪松成功出色地把這場戲完美地演了出來，在控制室中的陳總都忍不住點頭讚賞了一下，這個燕雪松，確實很能幹，把一頭野獸馴化到這種程度，而且他和黑熊的動作都是那麼逼真。

賭場中的人，無不是又懊惱又嘆氣，輸贏只能靠運氣，輸了也沒辦法，再等下一次吧。

高明遠一下子蹦了起來，激動異常地大叫道：「贏了，贏了，我們贏了！」引得無數人朝他看來。

「吵什麼吵，贏了就贏了，瞧你的樣兒，能下多大注？一百萬吧？就算一百萬也只贏四百萬，有什麼值得這麼大驚小叫的？」

高明遠一張臉頓時脹得通紅，臉紅脖子粗的，正要跟那個發話的人爭個高下，周宣攔住了他，低聲在他耳邊道：

「高經理，別跟他一般見識，發財的人，何必計較別人的冷嘲熱諷？埋頭數錢就對了。」

「是是是，我不跟他們計較。」高明遠坐回座位後，對周宣低聲說著，心裏對那些人已是不屑一顧了。

等到安靜下來後，周宣才對高明遠吩咐道：「高經理，低調點，去把支票兌了，好準備下一局的資金。」

高明遠還沒有起身，周宣又趕緊補上道：「開成兩張單據。」

周宣話音一落，高明遠心裏又是一跳：周宣這個動作，是不是表示這一次要給他一千萬的小費？看這個吩咐應該是。高明遠一顆心狂跳不止，要是像這樣的賭局多進行幾次，那周宣給他的小費至少就是數千萬，甚至過億都不一定，這讓他不吃不喝奮鬥一百年也辦不到啊。

高明遠趕緊彎了腰，從座位上溜出去到窗口邊兌換。

一看到是高明遠，李妮便把一旁的防搶鐵門打開，把他請到了貴賓室坐著，又叫了一個女職員送上熱茶。

高明遠翹著二郎腿，喝著熱茶，悠閒等候著。李妮笑面如花地指揮手下給高明遠開賭場的支付票據，很快，不到兩分鐘，年輕漂亮的女職員便開好了兩張單據交給李妮。

李妮拿了過來，笑吟吟遞給高明遠，同時豔羨道：「高哥，好手氣，好運氣啊。」

高明遠把兩張單據拿著扇了扇，得意地道：「那當然，今天三局，可是沒失過手，李經理要不要跟我們下一把？」

高明遠這一句「我們」，當即洩漏了他下注的秘密，李妮臉上浮起了果不其然的表情，高明遠充其量只是一條跑腿的狗而已，主人根本就沒露面呢。

「好啊，我倒是想。」李妮笑嘻嘻回答著，「但是我們可是有規定的，上班時不得參與投注，唉，也只能看著你們贏了。」

話雖這樣說，但實際上卻是不置可否，一連贏幾局的大有人在，不過別人沒下這麼大注而已，她想要見到的，可不是高明遠，而是高明遠身後的那個人。

估計他們只是運氣好而已，要說比賽的秘密，那只有控制室裏的人知道，可是控制室是由陳總和保安室嚴密監控的，絕不會洩露出來一絲半分的消息，如果有人裡外勾結，李妮可是知道這幫人的能力和關係，殺人都不眨眼，外面的賭客們贏錢，只能靠運氣，而不可能是因爲從內部知道任何消息所致。

高明遠此時沒有時間再和李妮閒聊，因爲每一局間隔的時間都很短，所以他不能在此久留，有些不捨地在嬌媚漂亮的李妮屁股上拍了一把，然後離去。

李妮把鐵門關上後，臉色一下子由笑轉冷，陰沉著臉道：「我呸，也不看看你那狗樣。」

周宣淡淡笑著，高明遠的動作和李妮的表情自然都落在了他的腦中。

等到高明遠興奮地回來後，周宣連看都沒看，就把那張一千萬的單據遞給了高明遠，笑道：「高經理，這一千萬算是彩頭，拿著吧，別嫌少。」

高明遠雖早有預料，但還是禁不住笑得嘴都合不攏，而周宣的舉動，更是讓在控制室裏監控的陳總一干人都豔羨得嘴都合不攏來。

主持人已經開始宣布第四局的比賽了：

「下面進行第四局，經過了燕雪松和黑熊的緊張對戰，下面，我們將進行今天更刺激的一場比賽，八戰八勝的魯大炮對決非洲雄獅！投注時間依然是二十五分鐘，請大家抓緊時間投注！大家是想投會九戰九勝、大獲全勝的魯大炮呢，還是投即將近距離見識的雄獅呢，請大家考慮。」

接著，那主持人手一揮，控制臺把籠子升起。依然是個籠中籠。籠子中的小籠子中間，又用柵欄隔開了，一邊是魯大炮，一邊是一頭伏在地上神情萎靡的獅子。

大多數人都在電視上見過獅子，真的獅子倒是很少見，跟動物園裏的差不多，看樣子，這頭獅子不過是馴養溫順的家獅，沒有野性，這會兒連站都不想站，一副只想睡覺的樣子。

這個場面讓觀眾們都覺得，這一場跟上一場不會有什麼不同，依然會是人勝。魯大炮可比燕雪松的力量要大得多吧？

周宣緊緊探測著陳總那邊。

這會兒，陳總又在悄悄地問他的弟弟：

「這一場準備好了？」

「都準備好了，而且跟魯大炮事先說好了。我已經提前給了他十萬的酬金，又說這是一頭馴服好的獅子，只要他配合一下，獅子不會對他造成危險的。最後還是以他的勝利告終。而且，那獅子我已經安排人打了強效麻醉藥，麻醉劑的有效時間會持續到比賽開始的五分鐘後，也就是說，在比賽開始後，魯大炮還能有五分鐘的活命時間，之後，他就會成爲這頭獅子的食物了。」

陳總的二弟嘿嘿笑著說道，「這頭獅子可不是馴服的，而是在非洲獵下的一頭獅群的首領，凶猛異常，只要牠一能動彈，立刻就會凶性大發。」

周宣吃了一驚，這個陳總的二弟當真是毒辣，活生生的一條人命，他就準備送進獅口裏了。

那二弟又說道：「哥，這雄獅是真凶惡，運來後，我又特地餓了牠三天，只要一放下籠子，魯大炮必死無疑。如此血腥的場面，只會讓觀眾更增加投注，我們就會賺更多的錢。」

陳總嘆了一聲，沒有說什麼，心裏卻想，他們再努力，賺再多的錢，得到的獎勵還不如周宣給高明遠的打賞，而且，現在還要下猛藥來吸引賭徒，當真有些得不償失。

陳總沉吟了半天，最後還是走出辦公室，吩咐下屬發送跟上一次差不多的資料，兩邊基本平衡，繼續用假資料來誘惑賭徒。

這一局的賠率有所不同，魯大炮這方是一賠二，而雄獅那方是一賠一。這種賠率，更是讓賭徒們狂追魯大炮。

按正常來說，魯大炮賠率應該是一賠四，甚至更多些，而雄獅的賠率，怎麼可能會一賠一？至少不會比黑熊的低吧？應該要比黑熊更高！因為雄獅的嗜血和殘忍性遠比黑熊更高，但現在只是一賠一，那豈不是料定了雄獅贏不了？

再看看大螢幕上的投注資料，始終顯示雄獅多那麼一丁點，就是在引誘賭徒們下注雄獅，而那頭雄獅算什麼雄獅，是病獅吧？伏在那兒動都不動一下，似乎眼睛都睜不開，不輸才怪！魯大炮在另一邊卻是鬥志昂揚地挺立著。

這個場景，就是魯大炮自己也放下心來，看來陳總的弟弟沒有騙他，這雄獅是馴化了的家獅，沒有野性，躺臥在那兒一動不動，等一下自己裝模作樣地擊打牠幾下，這獅子只要伏地不動彈，就可以認定牠輸了。

周宣不禁嘆息，這魯大炮，死到臨頭了都不自知，而陳總方面也太殘忍了，賭錢騙錢不說，還殘害人命，這可就有些讓人不能容忍了。

賭注方面，投魯大炮的人直線上升，因為上一局輸錢的人太多，這一局幾乎是拼了老本砸出去，二十分鐘不到，下魯大炮的就有四億兩千萬了，而下獅子的卻只有四千萬左右，完全不成比例，但螢幕上顯示的，卻是兩邊各自爲兩億左右，數字差不多。

高明遠眼看時間不多，有些焦急地盯著周宣，不知道他要下什麼，周宣顯然還在考慮著，他也不敢過分打擾，只能等待。

其實，此時別說只有高明遠焦急，就是陳總等人也一樣心急，不知道周宣會下什麼注，又會下在哪一邊，按陳總的念頭，最好周宣都不要下。

但周宣顯然不會如他的意，想了想，把一億的支票掏出來，對高明遠說道：「高經理，下……」正想說，探測到樓上貴賓室裏的楊天成，心裏當即一動，說道：

「高經理，你跟我一起去窗口投注，我想見識見識投注窗口的樣子。」

高明遠呆了呆，周宣要是親自去，那不是讓他在李妮面前不好炫耀了？他有些不情願，但周宣已經站起了身，他也只得趕緊跟隨著。

周宣陪著高明遠往窗口邊去的時候，特意向楊天成所在的方向看過去。因爲大多數客人都是電話投注，嫌到窗口麻煩，所以走道上並沒有人擋著，楊天成瞧著窗口的位置，可以很清楚地看到周宣和高明遠。

周宣再往楊天成的方向看過去，楊天成就發現了，趕緊仔細看了一下，發現就是他在高明遠賭石廠裏認識的那個賭中翡翠的周宣，旁邊又有高明遠作陪，那就更不會錯了。

這個年輕人讓楊天成記憶猶新，本想找個機會把他請出來聊一聊，沒想到在這裡又遇到

了。楊天成趕緊拿起一個望遠鏡，仔細地盯著周宣和高明遠的動作。

周宣把支票遞給高明遠，讓他在窗口上投下雄獅的注碼，一共是一億。投注時，還故意把支票朝著楊天成的方向亮了亮。

在高倍數高精度的望遠鏡觀察下，加上距離又不遠，所以連支票上的數字和名字都看得十分清楚，下注的數目，投哪一方，楊天成都看清了。

當發現周宣投的注是雄獅時，楊天成愣了一下。今天他投的注，三局三輸，正惱火著，現在這一局，他又投了魯大炮兩千萬，此刻見到周宣的注單後，忍不住沉吟起來，難道他又投錯了？

他不禁想到，周宣這個神秘的年輕人，彷彿眼光很厲害，賭石也是那樣，很精準，自己要不就跟他投一樣的吧？能夠趕緊扳回來一些算一些！

前面三局已經讓他輸了五千萬了，再加上這兩千萬，會增加到七千萬！這幾天，他輸了快兩億，心中很是著急惱火，唯一一筆賺錢的，就是買了周宣那塊翡翠，賺了一千九百萬，算是少少補回了一點，不過沒有太大作用，因爲輸的太多了。

一想到這裏，楊天成心裏一下子就騰了起來。出於對周宣的感覺，又見周宣投了一億給雄獅，接著又見到高明遠自己也投了六百萬的注，心裏更是懷疑。

高明遠那個人他可是清楚的，膽小怕事，下注的錢尤其謹慎，這一下能投出六百萬，估計是把所有財產都投進去了吧？加上周宣給他的打賞才有這個數字，能全部投進去，肯定是有絕對的把握，否則他怎麼敢這樣玩？

楊天成當即不再多想，拿起電話下注雄獅，注碼一億。

當真是禍不單行，福無雙至。陳總那邊還在為周宣和高明遠投下的一億多的大注傷神，統計金額的資料員又驚慌地對他報告說，又有一筆一億的大單投給了雄獅。

陳總大吃一驚，趕緊檢查起來，查出這筆錢是來自貴賓室的楊天成時，又皺起了眉頭。這個楊天成的背景，他是清楚的，他是歐洲一帶有名的黑社會首腦人物，他們不能惹，至少不能得罪。而且剛剛在前三局還輸給了賭場五千萬，昨天晚上也輸了六千多萬，一共輸了一億多，這一局他剛剛才下過魯大炮兩千萬，怎麼又會回過頭來下雄獅一億？

陳總在操控室裏沉吟良久，終於想出了一個主意：

「老二，你帶幾個兄弟下去，趕緊把消息放出去，就說這一局我們要暗中把獅子麻醉倒，由魯大炮贏下這場比賽。」

通常，內幕消息是傳得最快的，一傳十，十傳百，只要你說這是最隱秘的消息，千萬不要跟別人說，聽的人就偏偏會悄悄告訴別人，結果一傳一個，大家都知道了。

這時候，絕大多數人其實都已經投注了雄獅，一聽到這個驚人的消息，大家都嚇呆了，

之後便像潰了堤的洪水一樣，瘋狂地搶買魯大炮的注碼去了。

二十五分鐘的投注時間很快就過了，雄獅身後的注碼只有三億一千萬，而魯大炮的注碼有五億一千萬。

主持人宣布比賽開始後，控制臺把鐵欄杆開關打開，欄杆緩緩降下，那頭雄獅因爲麻藥還沒緩解，伏在原地一動不動，一雙眼半睜半閉，顯得萎靡不振。這讓無數觀眾賭徒們更認定這只是一場秀而已，肯定是魯大炮贏定了。

上一局中，那黑熊凶狠地抓咬猛撲，燕雪松一直都是在瘋狂逃命，卻沒想到燕雪松最後鹹魚翻身，竟然把黑熊給打死了。這一局，魯大炮與雄獅的對戰更明顯了，那獅子連站都不想站起來，還談什麼傷人？明顯是魯大炮將贏的局面。

魯大炮在鐵欄杆降下之後，略顯緊張了一下，然後試探著。

魯大炮在籠子裏隨意跳動了幾下，那獅子絲毫不動彈，於是，魯大炮又跳到牠身後，在牠尾部踢了一腳，使的力氣不算太大，但也把獅子身體踢得搖晃了幾下。這個動作，讓臺下的觀眾們都叫了起來：「趕快打死牠，打死牠！」

見獅子不動，魯大炮膽子也大起來，前前後後一連狠狠攻擊了那獅子全身的部位，把獅子擊打得直是低嚎。因爲知道獅子被打了強效麻藥，起不來，所以魯大炮才會放心大膽地狠揍牠。

不過，魯大炮卻不知道，麻藥在比賽後只有五分鐘的有效時間，他的危險即將到來，卻仍然在擊打著獅子。

那獅子給打得疼痛不堪，因爲麻藥的效用漸漸消失，所以疼痛的感覺更加強烈，被壓抑的怒氣更盛，低嚎聲中，陡覺力量忽然間恢復了，便立刻以迅雷不及掩耳的速度竄了起來，凶狠地一口咬住了魯大炮的右胳膊。

這一下的突然驚變，把整個場中的觀眾都嚇得驚呼起來！

第一三四章

生死決鬥

高明遠看到李妮把錢轉進了他跟周宣的銀行帳號中，才又急急回到臺邊，
到臺下對周宣點了點頭，表示已經轉好帳了。
周宣微笑著跟賭場職員往後臺的操控室走進去，
準備與獅子來一場生死決鬥了。

那雄獅一雙前腿撲在魯大炮胸口，把他踩踏倒地，大嘴撕咬起來，「刷啦」一下，便把魯大炮的右臂連根扯斷，鮮血立刻狂噴而出。

魯大炮沒有半分反抗的力氣和能力，只是驚恐地大叫道：「救命啊，救命啊……」那獅子一直被魯大炮狠揍，這會兒哪裡肯鬆口？又張開血盆大口要咬住魯大炮的脖子。

陳總和他的一干手下在大螢幕前激動不已，這個刺激的場面很能讓人血脈賁張，賭徒們都失控了，後面就會更瘋狂下注，他們越是失去冷靜，莊家的利潤就越會更大。

一眾賭徒又驚又怒，眼看即將到手的賭注忽然間化爲烏有，說時遲那時快，周宣運起異能，把雄獅嘴部凍結，一雙前腿也凍結了，那雄獅忽然間嘴不能動，連前腿也麻了，那種被強效麻藥劑控制的感覺又上了身！

雄獅嚇得趕緊後退開來，一雙眼瞪著魯大炮，喉嚨中只是低嚎，嘴邊露出的大牙上滴著口水，看著十分嚇人，但其實牠已經動不了嘴了。

周宣又暗中把魯大炮斷肢的傷口處用異能封堵了血管，否則任由鮮血狂噴，只怕要不了幾分鐘就會失血而亡。

周宣的這個動作，自然是沒有人能看得出來的，而魯大炮斷臂處雖然不再大量流血，但因傷口處全是鮮血，也看不出沒再流血的情形。

因爲周宣的一念之仁，不忍心看到魯大炮被賭場的這些黑心人玩弄至死，決定還是出手救他一命。好在雄獅已經明顯勝了這局。魯大炮躺在地上奄奄一息，渾身是血，雄獅就算不再進攻，也沒有人會認爲雄獅不把魯大炮咬死就不算贏。

陳總那邊安排的人，當然是希望雄獅把魯大炮咬死，一來省了麻煩，二來能更刺激觀眾的嗜血賭性，不過現在看到的場景，讓他們覺得很奇怪，剛剛還看到獅子張著大嘴準備把魯大炮的脖子都咬斷，怎麼會無緣無故忽然就退了回來？好像那獅子善心大發了一般，實在是太不可思議了。

這頭獅子，他們可是餓了整整三天了，看牠剛才猛烈撕咬魯大炮的情形，應該會把魯大炮吃掉才對，怎麼會收手呢？

周宣在座位上安靜觀看著，反而是一旁的高明遠又站又坐的，想叫又強行忍住。因爲跟著周宣下了六百萬的大注，心裏的緊張是可想而知的。雖說這六百萬輸了，對他來說是不傷元氣的，但怎麼說仍是一筆大數字。要不是周宣，他的存款從來沒有超過五十萬，而在周宣身旁只不過兩天的時間，就把他的存款金額提升到兩千萬以上。

只可惜上一局周宣早就提醒他下注，但他害怕，又不相信周宣的選擇，所以沒有下注，最後結果卻表明周宣是正確的。高明遠心中的那份懊悔，那可是一賠四啊，要是下一百萬就是四百萬的利潤，要是下五百萬，就是兩千萬的利潤啊！

所以這一局，他終於忍不住跟周宣下了注。

這一局開始時，高明遠感覺跟前幾局不同了，到底是自己下了六百萬的超大注，那局勢就對他有無比的牽引力了，恨不能那雄獅跳起來就把魯大炮咬死。

但一開始，魯大炮前前後後狠揍那頭獅子，那獅子只是哼叫卻不閃避反抗，高明遠以為糟了，這一局怕是輸定了，跟上一局一樣，莊家是作了假的。

幾分鐘下來，高明遠心如冰塊一般涼了個透，六百萬啊，就在魯大炮的折騰下泡湯了。

在一旁的周宣也不去跟他明說，也不安慰他，任由他緊張吧，反正控制室裏，陳總那些人還在緊盯著他們兩個，高明遠緊張和懊悔的樣子反而會讓他們覺得更逼真。

當雄獅子一躍而起，一口把魯大炮的手臂咬斷，又要一口把他咬死時，高明遠終於一下彈起來，大聲吼叫出來了。

等到獅子退開幾步，張著大口盯著魯大炮，勝負基本已定時，只要魯大炮爬不起來，就可以判他輸了。而魯大炮除了大聲呼叫救命外，確實是站不起來了。

高明遠一臉通紅，興奮地叫道：「贏了，又贏了！」

這一次，他下的六百萬真的贏了，而且周宣也贏到了一筆天文數字。

換了他，想都不敢想。周宣的運氣也實在太好了。到現在，周宣已經給了他一千六百萬的小費，而自己又贏到這一大筆現金，連一分本錢都沒有花，全部都是贏回來的。這可真是無法想像的一筆數字。

跟著周宣，高明遠覺得實在是太興奮了，也太激動了，可以不用腦子去想任何事，只要跟著他下注就對了。高明遠不得不佩服周宣的運氣，心裏也隱隱估計到，一次兩次能說是運氣，但不可能局局贏錢都歸功於運氣吧？

只怕是周宣對這一行極懂，有很深的研究，是真正的行家吧，否則哪有下得這麼準確的？

高明遠自己得到了周宣一千六百萬的打賞，這一局又下了六百萬元，一賠一，贏回的也是六百萬元，一共就有兩千二百萬的現金了，加上之前周宣給的小費，差不多有近三千萬的身價了。

周宣笑了笑，擺擺手道：「老高，別傻笑了，去把獎金兌了吧，等一下好投注……一樣把我的票兌成兩張，另一張一千萬的歸你了。」

算起來，周宣又贏了一億多的現金，可以給高明遠多一點打賞，但周宣還是只給了他一千萬，不過就算是這樣，數字也是不得了。而高明遠也根本就不敢嫌周宣給少了，歡天喜地的到窗口去了。

高明遠依照周宣的意思，把贏的錢開成了一張三億的支票，而自己則把那一千萬和自己下的六百萬連帶本金開在了一起，一共是兩千二百萬元，也是一筆大數字了。

此時的高明遠甚至連對李妮調戲的工夫都沒有了，只是催著她趕緊把支票開好，然後拿了支票回到座位席上，然後又激動地低聲問周宣：

「兄弟，下一局再怎麼下？」

周宣笑笑道：「人家都還沒有開出賭局，沒有盤，你下什麼下？嘿嘿，別急，放心吧，想賭，機會多的是。」

周宣如是說著，一邊又探測著樓上貴賓室中的楊天成。這時候，楊天成也是欣喜莫名，看來他想得沒錯，別看周宣年輕，但在哪一方面都是一個深不可測的高手。

賭石的時候就覺得他不尋常，現在看來，果然是真的。他毫不露聲色地就賺了幾億，自己也跟著搭了他的末班車，賺回了一億，好歹把輸了的錢撈回了一半。可惜不知道周宣前面幾局下的是什麼。要是早跟他下，只怕現在本錢早就撈回來了，說不定反而贏了一大筆錢。

楊天成這時不再看什麼賠率，也不再研究場次，只是緊盯著周宣，看他們再有什麼動作，然後直接跟進。

那主持人拿著麥克風又走上臺，然後說道：

「大家靜一下，大家靜一下，這一局來個別開生面的賭局，大家看看這頭雄獅……」

說著，一指那鐵籠子，裏面的魯大炮早給弄走了，只剩下獅子還在裏面。

周宣早已收回了控制牠的異能，那雄獅又凶狠無比的在鐵籠子裏面嚎叫著，張牙舞爪，極是凶悍。

「現在，我們決定來一場自由賭局，各位有沒有想挑戰這頭雄獅的？」那主持人笑呵呵地問著，「如果有哪一位觀眾願意一試，雄獅的賠率是五賠一，要一試身手的觀眾是一賠十，賠率優厚！除了賠率抽成之外，我們還會另外給一百萬的獎金。」

觀眾們又不是傻子，別說給一百萬，就算給一千萬，又怎麼樣？人都給獅子咬死了，那錢還有屁用啊。再說，人都死了，怎麼能保證錢還能拿到手呢？

場下沒有人回應，這太危險了，沒有人敢上去試這個賭局。周宣心裏一動，這是莊家在搞什麼鬼吧？於是，他趕緊又探測起陳總控制室中的情況來。

陳總此時與他的弟弟在辦公室，兩個人正在商量著。

「老二，你看會不會有人來賭這個賭局？只要有觀眾上場，我們就暗中把獅子打麻藥應戰，讓觀眾贏，這一局，會贏到天翻地覆，會是今天我們贏得最大的一場了，如果沒有觀眾敢上去……」

陳總一邊說一邊考慮著道，「如果沒有觀眾願意上去，你就挑個自己兄弟上去，多給點錢。」

那老二回答著：「觀眾怕是沒有人敢上去的，找自己兄弟恐怕也有難度，大家剛剛可是

都親眼看著那獅子咬掉魯大炮的胳膊，還差點把他給咬死了，這時要再派他們上去，只怕不會信任我們，錢倒是小事，這種事……」

「一定要找到人上場，錢可以多給，自己兄弟又不是不知道隱情，說清楚就好了。」

周宣把高明遠拉過來，附在他耳邊說道：「高經理，你上去跟主持人說一聲，這個賭局，我去賭，你再替我下五千萬，押我自己。」

高明遠驚道：「什麼？你說什麼？」一時間還以爲自己聽錯了，沒搞懂周宣是什麼意思。

周宣淡淡道：「你替我下五千萬的注，我要上臺跟那獅子賭一局。」

高明遠一把拉住了他，急急地道：「兄弟，你可千萬不要幹這樣的傻事啊，咱們不玩了吧，現在直接退場，出去換了現金就走人，不玩了！不玩了！」

高明遠雖然市儈勢利，但對周宣有極大的好感，也很感激他對自己的打賞，跟著周宣不過短短兩天，他的財富就直線上升到了三千萬元，去哪裡找這樣的好事？這一切都是因爲周宣。所以，他對周宣已經起了依賴和感恩心理。這樣上臺跟雄獅鬥，無疑是送死、是自殺，當然得阻止他了。

周宣嘿嘿一笑，低聲道：「老高，你放心吧，你看我是會想去自殺的那種想不開的人嗎？我有用不完的錢，有漂亮的妻子、可愛的兒子，上有老下有小的，我幹嘛想不開？我偷偷告訴你一個秘密，我是練過武功的，殺這樣一頭獅子，只是小事一樁，別說是獅子，就是鱷魚、大象，我都一樣能輕鬆斃了牠。」

高明遠自然不會相信周宣的這些話。周宣又低聲說道：

「老高，我知道你不相信，我給你試演一下，不過，你只需要聽好我說的話，別露出任何表情，也別輕易有任何動靜，聽我吩咐。」

高明遠不知道周宣要做什麼，但聽到周宣說得慎重，不像是胡來的那種人，當即也不敢露出什麼表情，道：「兄弟，你說吧，我聽著呢。」一邊又裝作瞧著臺上鐵籠子中的雄獅。

周宣把手撐在座位上，扶手是不銹鋼鑄成的，堅固無比，然後對高明遠說道：

「老高，這個扶手是不銹鋼的材質，我用我的一指禪功鑽一個洞出來給你看看。有攝影機盯著，你別看我的動作，只要用手指摸一下就行了。要防止被賭場方面的人監視到，否則我們就難贏錢了。這時候，就是要讓他們覺得獅子贏定了才行，我們才能贏大錢，一賠十，你想想是多少錢！我一定會贏這頭獅子的，只要你相信我，你就會贏大錢！」

周宣左手扶著那不銹鋼的扶手，運起異能轉化吞噬，立即將扶手鑽出兩個洞來。

周宣做完後，當即往後一靠，仰靠在靠背上，觀看著大螢幕上的賠率，上面清楚顯示著：「非洲雄獅，五賠一，神秘人物，一賠十，歡迎投注。」

因為還沒有確定跟獅子相鬥的人選，所以人們仍在等待中。不過，也有一部分性急的賭

徒投注了獅子，現在就是個傻子，也不會投人而不投獅子了。

高明遠裝作起身站立了一下，然後坐過來，很自然的把手放在扶手上，當即就摸到了三個手指洞，這個位置很明顯可以看到，之前是絕沒有這幾個洞的，現在忽然出現，就表明周宣說的的確是真話。

高明遠忍不住把三根手指頭伸進這幾個小洞裏，很合適，可以肯定是用手指鑽出來的。高明遠頓時吃驚不已，原來，周宣真是一個深不可測的高人啊。當真是人不可貌相。

周宣給他的印象陡然又變了，原來溫文爾雅的感覺，現在卻變成了強悍精明，渾不是原來以爲的那種多金闊少形象，原來，之前他贏得的這四局並不是碰巧，而是內有玄機。看樣子，周宣是不會對他說出其中的隱秘和底細的。

但周宣雖然不會跟他說這些，在贏錢時卻絲毫不保留藏私，一直讓他跟著下，只是由於自己的害怕和不信任，才少賺了數千萬。

現在可再不能丟掉這個機會了，而且這一次，周宣如果上去跟雄獅鬥的話，賠率是一賠十，這個賠率……光是想一想，就讓高明遠顫抖不已。

周宣看到高明遠默認的態度，微微一笑，拍拍他的肩膀，說道：「走吧，你下注去，我上臺，狠狠贏他一票。」

兩人站起身，一前一後走出去。

周宣在前面，先到主持人那邊。控制室裏，陳總和他的手下們都緊盯著畫面，不知道周宣要幹什麼。

周宣緩緩走上臺，跟主持人說道：「主持人，你好，我自告奮勇上臺，準備挑戰獅子！」

那主持人一呆，許久都沒見到有人回應，更別說有人上臺來挑戰了，看到一個如此斯文的年輕人上臺，驚訝多過驚喜，趕緊說道：

「好好好，這位先生要挑戰咱們的噬人狂獅，那我再問一下這位先生，剛剛我們說的規則，你都明白嗎？」

周宣點點頭，微笑道：「記得，先簽生死合約，我有一百萬的酬金。當然，得要我不死才能有福氣享受這一百萬了。再就是我的賠率是一賠十吧？」

主持人見周宣絲毫沒有害怕的表情，趕緊招了招手，當即有工作人員把合約拿過來，讓周宣當著眾多賭客的面簽了字。

人群沸騰起來，眼看剛剛魯大炮被咬得生死未卜，難道這個周宣是活得不耐煩，自己想死了？再看看周宣跟魯大炮的身材塊頭，都相差太遠，以魯大炮那般強健的身體和厲害的拳腳都差點被獅子吃了，更不用說這個身材單薄的年輕人了，一看就不像是練過什麼拳腳的樣子。

周宣把合約一簽，當即扔了筆，笑吟吟等待著。主持人趕緊指著一個工作人員說道：「周先生，請你現在跟我們的工作人員到控制臺的入口處，等一下，入口處的電梯會上來帶你到籠子裏。」

周宣點點頭，神態輕鬆地跟著工作人員往後臺走去。

在窗口處，高明遠由於擔心周宣，沒有到裏面的貴賓室去投注，直接在窗口處投了注。這一次，他可是狠心地把自己的兩千兩百萬全部都投了進去，這次要是真贏了，那自己連本帶利，可就要拿回兩億四千二百萬的驚人數目了，一下子就能步入億萬富翁的殿堂，然後就可以開個小型批發石料廠了。

而在樓上的貴賓室中，楊天成正拿了望遠鏡專心地看著周宣和高明遠的動作，周宣是特意引楊天成投注的，所以在臺上或是跟高明遠說話的時候，他都是對著楊天成的那個方向，所以楊天成看得很清楚。

當看到周宣要自己上臺與雄獅搏鬥時，楊天成也驚訝莫名。難道周宣真是想送死嗎？但看他的樣子，應該不會。一般想要求死的人，不是情傷就是經商失敗，而周宣剛剛還賺了那麼多錢；情傷，看周宣的樣子也不大像啊。

楊天成又看清楚了高明遠投注的數目，頓時思索起來，剛剛周宣才讓他也跟著贏了一億回來，現在又下了七千萬，數目比上一局少得多。但楊天成知道，這一局的賠率是一賠十，七千萬就是七億，如果真贏了，那得到的數額比前面幾局加起來都還要多得多。

想了想，楊天成決定跟注。那獅子如此凶猛，周宣依然要去搏這一把，那他就絕對是有把握的，以他對周宣的瞭解，周宣又怎麼可能會把自己送上絕路？

楊天成想了一下，當即拿起電話投了一億的注碼。這一次，他比周宣多出兩千多萬的數字。

陳總陰沉著臉，周宣那邊下了七千二百萬，這一局，他們本來是要安排自己人獲勝的，因爲下獅子的注碼肯定比較多，但周宣卻偏偏下了他自己，難道他知道賭場這邊要做局？有些不大可能，控制室的人都是經過仔細安排的，而且全部人手都被嚴密監控著，沒有哪個人曾經打過電話。而且，賭場內的網路都是獨立的，所以他們也不可能透過網路與外界連繫。

而且通訊工具在進場時都留在警衛室，交由警衛保管的，進門還有探測器，根本就無法偷帶進來，所以，內部有人與周宣勾結的可能性也是可以排除的。

陳總看到資料員報告說，又有一個貴賓室的客人投了一億的巨額注碼，投的是周宣，不禁奇怪起來，他怎麼敢下這麼大的重注？

陳總惱怒起來，如果是獅子勝的話，那只需賠一億不到，但如果周宣贏了這一局，那麼賭場就得賠十七億兩千萬，會得不償失，這個數字太大了。

陳總及一干手下急得汗水直淌，他的弟弟索性凶相一露，說道：「哥，我找人把這兩個做了。」

「混賬。」陳總惱怒起來，喝斥著他弟弟，「你就只知道做了做了，知道這兩個人是什麼來路？你把他們做了，我估計不到晚上，就會有軍方或者警方的大批人馬來做掉我們了。」

陳總罵了幾下弟弟，皺著眉頭沉吟起來，良久才抬起頭對屬下們說道：「老二，你帶幾個兄弟出去，把風聲放出去，就說這一局我們要暗中把獅子麻醉，由周宣贏得這場比賽。」

陳總的二弟趕緊答應著。

這時，差不多絕大多數人都在投雄獅，幾乎超過了五億，一聽到這個驚人的消息都嚇呆了，接著就像潰了堤的洪水一樣，瘋狂地買周宣的注碼。

這個情況，就是周宣也沒有料到，本來是按莊家會贏的局面下注的，但現在，事態卻朝著相反的方向發展了。

下注雄獅的注碼停止在五億一千萬的數字上，所有人幾乎都一窩蜂地瘋投周宣的注碼，投注的數字直線上升，下注的注碼猛然增加到九億，而且數字還在急劇上漲。

窗口的投注室中，數十個接線女職員忙得焦頭爛額，電話也出現擁塞的情形。

陳總瞧著顯示銀幕，嘿嘿笑了起來，投周宣的數字從九億多迅速漲到十二億，下雄獅才五賠一，總共只有五億的注碼，賠款只需要一億，這一局，肯定是賺了。

「通知投注窗口，把下注時間延長十分鐘。」陳總想了想，又吩咐手下傳達新的命令，既然投注人氣這麼旺，那就這一局贏個夠吧！

十分鐘的時間裏，投注周宣的注碼已經達到了驚人的二十三億五千萬，而雄獅那邊，再沒增加過一分錢的注碼。

陳總眉頭舒展開來，嘿嘿笑道：「這一局，夠他們受的了。這是我們開場以來，破天荒最高的一次賭注啊，兄弟們，好好操作，別出半點紕漏，出了漏子，咱們誰也擔不起這個責任！」

周宣實際上也暗嘆起來，這一局，陳總可是把賭場推向了深淵。看來，賭場必將遭受到一場嚴重的打擊，只是這一場大輸後，賭場會不會如數支付賠償的賭金，是一個問題。

對這一點，周宣倒還無所謂，自己只投了五千萬，還有兩億七千萬的利潤。不過，高明遠投了身上全部的兩千二百萬。這筆錢自己可以補貼給他，小事一樁。

在眾人的投注之間，周宣把高明遠叫了過來，對他吩咐道：

「老高，你把我的這個帳號拿到窗口，讓他們匯兩億五千萬到這個銀行帳號中，剩下的兩千萬轉入你的戶頭。咱們把今天賺的先存起來，這樣才能保證無論發生什麼事，我們都不

會虧損，記住……」

周宣又慎重地說著：「一定要在比賽前把錢匯進去，回來再向我彙報，我才會進行比賽。」

高明遠見周宣說得如此慎重，趕緊點頭，也不敢再問，急急地跑向窗口。

高明遠在貴賓室中，看到李妮把錢轉進了他跟周宣的銀行帳號中，才又急急回到臺邊，到臺下對周宣點了點頭，表示已經轉好賬了。周宣當然知道，他口袋裏的手機已經收到了銀行短訊。

周宣微笑著跟賭場職員往後臺的操控室走進去，準備到地下室乘電梯到籠子裏，與獅子來一場生死決鬥了。

投注的時間已經終止，主持人大聲宣布著：「比賽即將開始，請大家安靜！」

在緩緩升起的電梯中，周宣從籠子中的臺上緩緩升起。

高明遠尤其緊張，一雙手捏得緊緊的，雖然只跟周宣相處了短短一天，但他已經把周宣當成了自己的靠山。

陳總也吩咐他弟弟：「老二，多帶幾個人在籠子裏準備，這個人，千萬不能讓他死，他可以被獅子咬傷咬殘，但一定不能讓他死，要絕對保證他的安全，知道嗎？」

陳總明白，以周宣的身分，如果死在這裏，就是他們的麻煩，會出大事，會是連他後臺老闆都無法承受的重量，但如果周宣只是傷殘，那又另當別論了，他這裏有白紙黑字的生死合同，周宣上場是他自己的意願，跟賭場無關。

周宣升起後，中間還隔著一道欄杆。那頭雄獅此時正在籠子中不停地走動，一雙帶著恐怖殺氣的眼睛只是瞪著周宣，嘴裏還不停低嚎著。

周宣一聽到獅子的叫聲，心裏一動，當即把手腕上的語言交流器按了一下，那獅子的低吼就變成了人的聲音，顯示到周宣的腦子中：

「我餓，我很餓，人類，我要吃掉你。」

周宣走近了兩步，淡淡道：「獅子，你吃不了我，我可以把你打死。我告訴你，如果等一下你能伏地不動，自動認輸，我就可以饒你不死。」

周宣跟獅子的對話，在外面的觀眾聽到的，就是周宣在學著獅子一樣低嚎著。

陳總和楊天成都在緊密監視著，也很奇怪，周宣怎麼在學著獅子叫？難道他還能跟獅子說話不成？

那獅子似乎也有些奇怪，周宣怎麼能跟牠說話，但隨即又嚎叫道：「你要進來，我就要吃你，我是草原霸主，從來沒有認輸的道理！」

周宣搖搖頭，然後又說道：「那我只能很遺憾地告訴你，你死定了。不過死了也好，免

得你再被賭場利用，幹更多傷天害理的事。也免得你再受更多的折磨。你是獅子，只能在非洲草原的動物中稱雄，離了你的地盤來到城市的人群裏，你就什麼也不是了。」

那雄獅子一聽便咆哮起來，撲上來撕咬著與周宣相隔的鐵欄柵，粗大尖利的牙齒讓賭徒們心生寒顫。

周宣只是嘆息，這獅子就跟某些人一樣，不識時務，分不清眼前的局勢。如果牠一味不聽勸，等待牠的，就只有悲慘的結局了。

主持人一個手勢，那道鐵欄柵緩緩落下。那獅子給逼得久了，上一局因為周宣的異能控制，讓他沒能吃到魯大炮，饑餓的感覺更強了，這一下欄柵一放下，牠迅即嚎叫著飛撲過來。

在眾人的驚叫聲中，周宣伸手一拒，異能運出，獅子撲在半空中時，已經被周宣凍結起來，當身體與周宣的手掌一相碰觸，便即摔落到地上，連叫聲都沒能發出一下。

這一下給人的感覺就是，周宣用手掌把獅子給劈下了，讓陳總和一干手下都驚訝到不行。當然，這一下還只是驚訝，他們還沒有想到更嚴重的後果。

周宣彎腰再一拳重重打在獅子頭上，這一拳其實只是一個表面動作，實際上周宣卻是用異能轉化吞噬，將獅子的一顆大頭剖成兩半，鮮血染得一地都是。眾人看到的是他一掌把獅子劈下地，然後再一拳把獅子的頭給打成了兩半，讓獅子死於當場。

有這麼重的拳力，能把獅子一拳頭打死，這樣的人，就是全世界也找不出幾個人來，算是真正的武術頂級高手。

陳總一顆心頓時沉到了冰山底下，原來的計畫在這一刹那中破滅得乾乾淨淨，立時汗水如潮，把衣服都濕了個遍。

顯示幕幕上，投注周宣的注碼總數是二十四億，現在他面臨的是，要馬上賠付兩百三十五億巨額現金的事實，這就不是他能承受的範圍了。

汗水流淌中，陳總面如土色，趕緊拿起電話跑進辦公室，狠狠地把門摔上，手下們都不敢跟他說話。

陳總躲在辦公室中，立即給他的後臺打電話彙報這個情況，這已經不是他能控制的能力範圍以內的事了，必須得讓後頭的老闆說話，讓他們來處理。

周宣把獅子一拳頭打死，然後拍拍手，將手上沾的那一點獅血在獅子乾淨的毛髮上擦掉，然後站起身，再一拳頭把欄杆打斷，從洞孔中鑽出來，不再走賭場臺下的電梯通道。

觀眾席上，頓時如潮般轟叫高呼，歡呼一片，幾乎是全員歡慶。

現在，賭場中幾乎就是炸翻天了。主持人拿著麥克風說話的聲音也被淹沒了，沒有人理他，因爲窗口已經暫時關閉，賭徒們兌不到獎金，哪能不發火？

第一三五章

聚寶盆

那後臺老闆很是咬牙切齒，這麼一大筆錢幾乎是他們一年的利潤，
現在卻不得不拿出來，否則這賭場便得關門了。
這個賭場可是個聚寶盆，要是放棄了可真是太可惜了，
為了這麼一局而放棄賭場，實在是不值得。

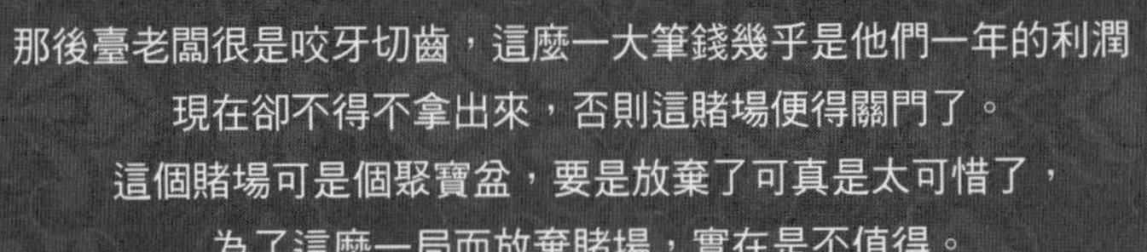

周宣邀了高明遠回到座位上坐下來。

高明遠看著吵亂不堪的賭場，然後問周宣：「兄弟，你是不是早知道會這樣，所以才讓我先把錢兌了？」

周宣淡淡一笑，說道：「不是先知道，但我知道自己能贏，大廳裏也不知道誰傳出來的消息，說賭場要我贏，要讓獅子輸，你沒看見嗎？所以人人都慌亂地買我勝。我要真贏了，賭場就得輸大錢。這筆錢可不是小數目，所以我們還是先把贏的錢拿到手穩當點。」

周宣趕緊又把注意力轉移到陳總那邊，他這時正跟他的後臺老闆通電話，異能運起，周宣聽得一清二楚。

那後臺老闆正在訓斥陳總：「你是怎麼搞的？我給你那麼高的工資，就是讓你給我輸錢的？奶奶的，一輪就輸兩百三十五億，真有你的……老子真恨不得把你剁了餵家裏的狼狗！」

陳總直是擦臉上的冷汗，不敢出聲，哪怕只是用電話對話，後臺老闆並不能看到他的表情，陳總也是恭敬得很，不敢有絲毫不恭的表情，那後臺老闆說把他剁了餵狼狗，他知道，他這個後臺老闆絕對有那麼狠，立時嚇得臉如土色。

那後臺老闆沉吟了一陣，然後又哼哼著道：「查清楚那個人的來歷沒有？」

「清楚清楚……」陳總趕緊回答著，「他的名字叫周宣，是京城來的珠寶商人，名下有周張古玩店和周氏珠寶公司，在國內的資產超過兩百億。另外，他還有個特別的身分，就是華人首富傅天來的孫女婿，傅氏百分之七十的股份都劃到了周宣名下，實際上，周宣掌控的資產差不多近兩千億。」

那後臺老闆一聽，也猶豫起來，許久才沉聲道：「這個人，你暫時不要輕舉妄動，另外，賭場現在擁有的現金流量有多少？」

「這半個月的總數是二十三億，加上今天前幾局的收益是八億，一共有三十一億，扣掉這三十一億的話，還需要兩百零四億的缺口……」

那後臺老闆很是咬牙切齒，這麼一大筆錢幾乎是他們一年的利潤，現在卻不得不拿出來，否則這賭場便得關門了。

這個賭場可是個聚寶盆，要是放棄了可真是太可惜了，一年能爲他們得到兩三百億的現金，就爲了這麼一局而放棄賭場，實在是不值得。

「你先安撫一下賭徒，把三十一億先賠付給散戶，這樣鬧事的人數就會少多了，把投注大的客戶先留下，怎麼安撫是你的事。我趕緊召集股東們開個緊急會議，再湊齊兩百億現金，最快也得要兩天時間，安撫他們給我們兩天時間，這是你的責任，別跟我說廢話。」

「是是是，請您放心……」陳總一個勁地說著，不過沒等他再說，那邊已經掛斷了電話，電話中傳來的是「嘟嘟嘟」的聲音。

周宣一探測到這裏，當即對高明遠笑笑道：

「老高，算了，別去跟他們打混戰了。我們的錢，他們不跑路就會賠，只是會遲兩天而已。你看現場這麼多人，怎麼也輪不到你我吧？所以等也沒有用，明後天再過來兌現吧。」

高明遠有些捨不得，這麼一大筆錢，兩億多啊，沒拿到手裏睡都睡不著，怎麼可能會不想呢？以周宣的身家財產自然可能不想，這只是一點小錢罷了，況且，他現在手頭還有贏的兩億五千萬，一點也不會虧。

高明遠雖不捨，但見到周宣已經起身準備走人，還是跟了上去。此刻，賭場方面的人已經無暇顧及他們了，對付那些要兌現金的賭徒們就已經焦頭爛額了。

依舊是開了自己的大眾車，不過高明遠此時的狀態已經是大爲不同，好像自己開的是賓士寶馬，而不是十幾萬的大眾，一副昂首挺胸的樣子。

把車開上公路後，他才對周宣說道：「兄弟，今天是我高明遠最痛快的一天，現在咱們先去大吃一頓，然後……」

「老高，你就沒有考慮以後你自己的事業嗎？」周宣微笑著問道。

高明遠怔了一下，然後點點頭，回答道：「想，我以前想，有個幾百萬就自己開一間玉石廠，自己當老闆，我有豐富的經驗，但沒有資金，現在資金是有了，我卻是有點猶豫了……」

以前是想著能存到個三五百萬，再來開間廠子，小本經營，但現在高明遠忽然有幾千萬的財產，思想上一下子還跟不上這個節奏，等於暴發戶一般，讓他不知道該怎麼來劃分才好了。

周宣笑笑道：「開個玉石廠自己經營也好，我以後過來，就到你這裏拿貨。不過，我喜歡自己挑選毛料，你可以像之前那樣，跟其他廠子關係搞好，我挑毛料多在廢石毛料中，我可以給你比這種毛料的本價高幾倍的價格，這樣，你就可以從別人頭上賺一筆了。」

高明遠呵呵直笑，周宣說到了他心裏面去了。其實他就是這樣幹的，原以爲周宣不知道他的鬼把戲，但現在看來，其實周宣什麼都知道，什麼都清楚，只是不在乎而已，幾乎就是明白給他這個賺頭。

看來，以後還是不能瞞著周宣了，以免把關係搞壞。相交雖然只有兩天，但高明遠已經弄清楚，周宣絕不會跟他爭那一點蠅頭小利，他也不是小氣的人，只有在他面前什麼都不隱瞞，坦承做事，才能贏得他的好感。

毛料上賺的錢，在行業內看來還是不錯的，但與周宣給他的小費和賭博的金錢看來，那還是差遠了。周宣要是放手去搏，就像今天吧，也許一天的功夫，就能從這個賭場拿走數十億的現金，這實在太驚人了。

看著高明遠興奮之極又時不時顯露一絲懊惱的表情，周宣有些好笑，隨即又注意到後面

有車跟蹤了過來，異能探測出去，毫無意外，是楊天成跟他的保鏢們駕車在跟著他們呢。

周宣也不提醒高明遠，讓他開著車到他要去的餐廳。

楊天成的車也不過分緊逼上來，周宣可以肯定楊天成是沒有惡意的。或許楊天成追上來只不過是出於對自己的好奇，而自己則是想從他身上得到毒販的線索。

周宣又運起異能探測分析了一下楊天成的身體內部情況，在他的血液裏還真是發現了一些異常的感覺，血液中含有一些東西很奇特，異能探測著都有一種感覺，這東西有問題，能刺激人的神經，八成就是毒品了。

這個神秘的楊天成確實與毒品有關，但與周宣要聯絡查找的販毒網有沒有關，還不清楚。只是周宣心想，以楊天成這麼有經濟實力的一個人，如果他與這販毒網有關，那危害性就相當大了。

這次周宣故意在他面前顯露了一下，讓楊天成鑽進他的陷阱中，其實都是周宣設計好的。也是在賭場裏探測到楊天成的時候，才突然興起的一個念頭，但他到底與周宣想的有沒有關聯，還得查出來才知道。

楊天成今天在賭場裏，一開始輸了五千萬，第三局跟著周宣下注贏回了一億，而最後一局跟著周宣又下了一筆大的，結果竟然真的贏了，利潤高達十億。

贏了這一筆錢，楊天成的困境就完全解開了。這個周宣，太出他的意料了。他自己也是開賭場的，要是能把這個人籠絡到自己手下，再加上他的勢力，去世界各大賭場賺錢，可是最好也是最快的辦法了。

而周宣的身分，楊天成也查到一些，比如他在國內有超過兩百億的資產等。但周宣擁有傅氏產權的身分，他還不知道。但就以周宣在城裏擁有這麼大的資產，應該也是很有勢力、很有關係的，難保周宣有一個惹不起的超級後臺。

楊天成隨同三名保鏢開車追過來，目的是想跟周宣聊聊天，以便拉攏感情，再試探試探他會不會跟自己合作。按楊天成的想法，周宣答應他應該是問題不大，這個世界上，又有哪個人不想拼命多賺錢呢。

高明遠開著車，笑呵呵地到了郊外的一間餐廳，看起來很幽靜，左鄰右舍的很遠，到處是青山綠水，楊天成一見這個地方就很高興，他要跟周宣聊天，最好是找個人少幽靜的地方，這裏最合適。

把車一停好，高明遠陪著周宣下車往餐廳裏進去，還才進門時，就聽到後面有人叫著：

「高經理，周先生，真是巧啊！」

高明遠詫然回頭，一眼看到是楊天成與三名保鏢從車邊走過來，楊天成滿臉是笑容。

「是……楊先生，您怎麼來了？」高明遠對楊天成有一種來自心底裏的害怕，這個人，

他知道自己惹不起、也惹不得他，只是想不到在這麼個僻靜的地方怎麼也會遇到他？

周宣笑笑道：「楊先生，真是巧啊，人生何處不相逢啊。」

楊天成笑呵呵地拉著周宣的手親熱地搖了搖，與他一起往裏進去，頓時把高明遠擠到了邊上，對於高明遠，楊天成從沒把他當成個人看，在他心裏，高明遠的級別很低，下人奴隸一般的身分智力，不值得他高看。

高明遠臉色一下子脹得通紅，可是在楊天成面前，別說他隱秘的身分，就是他身邊那三個五大三粗的保鏢，高明遠都不敢怨出聲來。

不過，倒是周宣轉身向他招手：「老高，過來，碰巧遇到楊先生了，我們兩個可得好好請他吃頓飯，聊聊天，看看玉石毛料的行情。」

高明遠大喜，趕緊上前與周宣並排走著，楊天成雖然看不起他，但周宣卻沒有那種想法。

楊天成怔了怔，瞧了瞧周宣認真的表情，當即拍了拍高明遠的肩膀，笑道：「一起一起。」

他這一巴掌，高明遠就顫了一下，高明遠挨著他的那半邊身子就斜斜的矮了下去，對楊天成，他著實有種恐懼的念頭。

餐廳的女服務生把他們幾個帶到了一間雅房中，楊天成對他三個保鏢一揮手，三個人到了隔壁的房間。

楊天成對上下的關係分得很清楚，對低於他的人，態度也會大不一樣，高明遠是他瞧不起、上不得臺面的人，但周宣給他的感覺則不一樣。到現在，以楊天成開賭場的經驗，都沒弄清楚周宣到底是用什麼方法來確定那幾局勝敗方的。

而此時的巧遇，自然是楊天成裝出來的，來意他自己最清楚，高明遠則是完全不知情，以爲是真的巧遇碰到的。只有周宣最清楚，他才真的算得上是知己知彼，只是還不確定楊天成究竟是不是他要找的人。

農莊裏的菜式基本上都是有機的綠色農家菜，以及自由放養生長、不加任何人工添加劑飼料餵養的雞鴨魚類等等。

尤其是農莊自己養的山雞，重量只有兩斤，但價錢很驚人，一隻要一百多元，差不多有七八十塊一斤，算得上是不便宜的。

但這些價錢對於周宣和楊天成這一類人來說，又算得了什麼?即使對高明遠來說，一餐幾百上千元的消費，也算不得什麼。何況，今天他又在周宣身上發了一大筆財。

農家山雞端上來後，不是一盤，而是一盆，這邊稱之爲大盆雞，是最出名的菜。

高明遠趕緊介紹道：

「楊先生，周兄弟，這大盆子山雞是這邊最出名的家鄉菜。這種山雞完全是土生土長，

不餵任何飼料，吃的是青草蟲子，所以一般都只能長到兩斤左右，在市場上能賣到近一百元左右，在酒店賓館更是不止這個價。這種雞吃起來，口感好，肉極鮮嫩，而且雞身上的骨頭酥脆味香，吃這種雞是要連骨頭都吃的，骨頭中又含有極其豐富的營養和維生素，所以吃這種雞的妙處，就是吃肉不吐骨頭。」

高明遠說這一席話時，更是著重把「周兄弟」三個字在楊天成面前大聲說出來，有意讓他聽清楚，讓他知道自己跟周宣之間的關係。

周宣笑了笑，伸出筷子夾起一塊雞肉放進嘴中嚼起來，吞下肚後笑道：「好一個吃肉不吐骨頭。」

這山雞的味道確實鮮嫩，而且這做法絕對是經過秘製的，否則那雞骨再脆，也不能全部吞吃，可現在，雞骨不需要十分用力嚼便軟了，像脆骨一般，又湧出很香甜的味道。

周宣又吃了一塊，忍不住稱讚了起來。

楊天成招手把服務員叫了過來：「服務員，有什麼酒？」

服務員當即念了一大堆出來，什麼五糧液、西鳳酒、茅臺等等，楊天成手一擺，也不問價錢，直接道：「先來十瓶五糧液。」

服務員急急地去拿酒後，楊天成笑呵呵地說道：

「那天與周先生在高經理的廠中一見，便覺得我們很有緣，本想找個時間與你聚一聚的，但這兩天一直很忙，好不容易今天有空了，剛好在公路上碰巧看到高經理的車，又看到周先生在車裏，就跟了過來，想請周先生吃頓飯，聊個天，這可以吧？」

周宣笑笑道：「當然可以。」

楊天成說的這些話，基本上都是假話，他到底想要幹什麼？是試探自己還是別有隱情？反正自己也想探探他的底細，而楊天成想要用酒來灌醉他套話的行爲，卻正中了周宣的下懷，有異能在身，別說十瓶，就是千瓶萬瓶，也沒有半分威脅。

高明遠卻很不高興，只是面對楊天成也不敢多言。現在，他身上擁有了數千萬的財產，本想跟周宣好好散心玩一玩，以促進兩人之間的情誼，拉攏關係，以後好跟周宣長期合作，但這樣的機會卻被楊天成半路劫走了。

服務員很快就把酒拿過來了，把酒打開，往三個杯子裏倒滿了，然後退到一邊。

楊天成把酒杯拿起來看了看，不滿地說道：「這酒杯跟個大拇指差不多，去拿幾個大杯子來，喝酒講的就是要喝個過癮，這杯子太小，趕緊換大杯子來。」

周宣笑咪咪不說話，也不出聲，楊天成其實是在偷偷注意他，看到周宣的表情，知道他不反對，那就好辦。楊天成自然不知道，他的舉動正中周宣的下懷，就算楊天成是酒神，也喝不過他那無底洞一般的異能吞噬。

服務員拿了三個喝啤酒用的大玻璃杯，然後問道：「先生，這個杯子夠不夠？要是不夠，我再換三個大碗過來。」

楊天成呵呵一笑，側頭看了看這個服務員，二十二三的歲數，臉上有幾點雀斑，不漂亮也不醜，但說話倒是有些好笑。

「行了行，就這個，倒酒。」楊天成擺擺手，這幾個玻璃杯每一個都能裝三兩酒左右，一瓶剛好倒滿三杯。

楊天成哈哈一笑，把酒杯舉了起來，對周宣說道：

「周先生，哈哈，我叫你周先生吧，總是覺得生分了，我今年三十九了，癡長你幾歲，就稱你周老弟吧。呵呵呵，喝酒喝酒，老弟，來來來……」

周宣笑了笑，把筷子放下，然後端起酒杯，對楊天成和高明遠說道：

「來來來，楊先生既然說了，老高，那就喝吧！」

高明遠心裏稍爲舒暢了些，楊天成雖然瞧不起他，但周宣一直都沒把他當外人，也沒有半分瞧不起他，當即端起酒杯跟周宣碰了碰，再想跟楊天成碰一下時，楊天成已經把酒杯送到了自己嘴邊上。

周宣微笑著端著酒杯，湊到嘴邊上頭一仰，「咕嚕咕嚕」的幾下就把這一大杯酒一口喝了下肚，而楊天成那一杯酒，只喝了一半，高明遠喝了三分之一。

楊天成酒杯未離口，看到周宣一口乾了後，當即也不遲疑，把剩下的酒一口喝光，然後把空杯子重重放在桌子上，對服務員叫道：「服務員，倒酒！」

這一杯酒下肚，周宣便用異能探測著楊天成的身體，那一杯酒是確實被他喝進了胃裏，探測到他身體的內部情況，發現楊天成酒量不小，以他現在的胃細胞接受情況來看，楊天成至少能喝兩斤多酒，酒量算是很大了。

周宣自己自然是一滴都沒有下肚，全部給轉化吞噬了。

楊天成平常因為常喝酒，對於能不能喝酒的人，基本上還是能從外表上看得出來一部分，像周宣這麼單薄的年輕人，一般來說酒量是不行的，不過剛剛看到周宣這一大杯酒下肚，卻是沒有半分問題，甚至連臉色都不曾紅一下，心裏倒是有些吃驚了，難道他看錯了？

周宣笑了笑，看到服務員又把酒倒滿了，當即端起來對楊天成說道：「楊先生，老高，來來來，我借花獻佛，我敬你們一杯。」

高明遠酒量小，就著前一杯沒喝完的酒，與周宣又碰了一下，而楊天成跟周宣一樣，又是滿滿的一杯，兩人一碰，各自一口又喝了個乾淨。

周宣是故意要顯露一下酒量頗大的樣子，讓楊天成知道不可能用幾杯酒就把他灌翻了，等到楊天成也醉了的時候，再佯裝自己也喝醉了，比他先醉，實際上有可能是楊天成自己醉了，這樣才可以進行楊天成想要對他做的計畫。

楊天成想不到周宣遠遠超出了他的想像，直是招手讓服務員趕緊倒酒，一連四杯酒下肚後，他一個人差不多喝了一瓶多一點，而周宣是浪費了五糧液，全部吞噬了，高明遠則是喝了一大杯。

楊天成的臉色漸漸紅了起來，這一陣急酒下肚，就算他酒量大，也有些吃不消，趕緊拿了筷子大吃青菜山雞，用以中和胃中酒帶來的刺激。

周宣見楊天成差不多也到了六成了，於是又端起酒笑道：「楊先生，來來來，喝酒吧，這酒甜甜的，怎麼喝也喝不醉呢。」

俗話說，喝酒的人在說喝不醉，酒有甜味的時候，那就表示他醉了，只有醉酒的人才不會承認自己喝醉了。

「喝喝喝……喝酒。」楊天成心裏欣喜起來，周宣這樣的表情怕是快醉了，原來還在驚嘆他的酒量，看來還是比他差了一些。

這一杯下肚，楊天成努力穩著胃裏的翻動，然後又偷偷地看了看周宣，只見周宣臉紅紅的，腦袋身體都有些晃動，確實是像快醉了。

「老弟，可惜我沒能早認識你，在高經理那兒與你第一次相遇，便覺得老弟是個很了不起的人才啊。」楊天成一邊又吩咐服務員倒酒，一邊又吹捧了一下周宣，沒有幾個人不喜歡聽吹捧的話。

周宣呵呵笑著，似乎有些口齒不清地說道：「楊先生，你可真會說話，楊先生平時都喜歡做什麼？」

「我……呵呵……」楊天成呵呵一笑，當即說道，「我啊，我這個人很沒出息，也不怕周老弟笑話，除了吃吃喝喝之外，剩下的愛好不是賭啊，就是女人，嘿嘿……」

楊天成一邊說一邊盯著周宣，要從他的臉部表情來觀察，看他有什麼異常的地方。

「這個啊，呵呵，倒是跟我差不多，我也喜歡吃喝玩樂，賭錢的事，我最喜歡。」周宣笑著，又大著舌頭故意這樣說著。

楊天成大喜，立即應和著道：「周老弟也愛好這一口？呵呵，我們倒真是英雄愛好略同啊，來來來，再乾一杯，慶祝我們知音相見。」

楊天成說完又對高明遠道：「高經理，來來來，一起乾，你可別躲在一邊投機取巧啊，喝喝……」

這時候，楊天成有心要把周宣灌醉了幹別的，再掏深一些，那就得把高明遠甩掉，最好的辦法自然就是先把他灌醉了。

高明遠對楊天成明顯有著畏懼感，雖然一直對他不滿，但楊天成給他敬酒時，還是受寵若驚地端起酒杯，一大口酒灌下肚，氣岔了，嗆得連眼淚都流了出來。

楊天成拍了拍他的肩膀，安慰了一下，然後又吩咐服務員倒酒，再灌了高明遠一杯，徹

底就把高明遠灌倒了。

周宣佯裝懊惱：「老高，老高……怎麼就喝醉了呢？」

「沒關係沒關係，我安排人手送他回去。」楊天成當即掏出手機來，叫了一個手下過來，吩咐他把高明遠背出去，再開高明遠的車把高明遠送回玉石廠去。

等到他把高明遠背走，房間裏就只剩楊天成和周宣兩個人，旁邊還有一個女服務員。

這個時候，楊天成見周宣也醉意很濃，自己也有個七成醉了，也就不再勸酒，笑笑道：「周老弟，現在只有我們兩個人了，在這兒沒意思，吃飽喝足了，是不是該幹點別的了？」

楊天成這話說得很隱晦，並沒有說明白要幹什麼，他這意思自然也是試探周宣，看看他自己是什麼想法。

周宣本就想把高明遠打發走，因爲跟著楊天成的話，說不定就會有什麼危險，沒必要把這麼個無關的人帶進危險中，而且他一個人的話，也好行事一些。

「呵呵，楊先生，你說說該幹些什麼吧，今天……今天我就把……把自個兒交給你了，你說想幹什麼就幹什麼。」

周宣索性裝醉，把話頭完全扔給了楊天成，看看楊天成準備拿出什麼手段來，然後再見招拆招。只要能裝得像，讓他看不出來，也不是不可能探測到他的秘密，如果楊天成與自己來查找的毒品上家無關的話，再隨便找個機會走人就好了。

楊天成「哈哈」一笑，當即把隔壁的兩個保鏢都叫了過來，從保鏢遞過來的皮包裏面取了一整紮鈔票放到桌子上，對服務員笑道：「這裏是一萬塊，不用找了。」

楊天成的意思是給這服務員小費，結賬剩下的就都歸她了。

服務員一時高興得不知所措。

楊天成笑了笑，擺擺手，拉著周宣往外就走，兩名保鏢在後面跟著，兩名保鏢一個到車裏駕駛位上，另一個打開車門請楊天成和周宣上車，周宣走路都有些搖晃，楊天成則是一直扶著他，有好幾次還要用力，否則他就會摔倒。

從這一點看，楊天成就可以確定，周宣確實醉了，也基本上按著他設想的方向前進著。

在車裏，周宣仰靠在靠墊上，閉著眼。雖然眼睛閉著，但異能早探測著楊天成的動靜，楊天成此刻卻是在偷偷觀察著周宣的表情。

楊天成也醉了七成，但驚人的酒量撐著他，七成醉意仍能忍受，看到周宣的樣子確實醉了八九成，只要多動一下，或許就讓他徹底倒下了，不過楊天成不想那麼做，先從周宣嘴裏掏點話再說。

車裏有小冰箱，楊天成取了兩罐冰涼的飲料出來，打開了一罐，然後拍拍周宣的肩膀，周宣睜開眼茫然道：「在哪兒……到了嗎？到家了？」

聽周宣說著胡話，楊天成嘿嘿一笑，隨即把飲料遞給他，說道：「周老弟，來，喝點清

涼的飲料，清清腦，提提神。」

周宣接過飲料，異能探測到這罐飲料裏含有一些特殊物質，因爲自己沒有接觸過毒品或者興奮劑之類的東西，所以也不清楚這裏混合了什麼東西，但估計得到，肯定不會是好事。

周宣裝作胡裏糊塗，醉醺醺的樣子，接過飲料就喝，似乎在感受那冰涼的感覺，「咕嚕嚕」的一口喝盡了，只是飲料在喉嚨中就轉化吞噬了，然後又探測了一下楊天成手裏的飲料，裏面果然沒有他這罐裏面的那種物質。

周宣喝了這罐東西，然後就不再睡覺了，大著舌頭跟楊天成瞎扯起來。

「楊先生，這是去我家嗎？……不對不對，我家在城裏……」

「是去我家。」楊天成笑呵呵地拍拍周宣的肩膀，然後又擠眉弄眼說，「我家可有特別節目啊，特意讓周老弟感受感受，呵呵。」

周宣也是笑著，兩人心裏都藏著鬼，不過，楊天成自以爲灌醉了周宣，因而感到得意，而周宣卻是明白人，楊天成才是真的快醉了，等一會兒到他家裏後再做點手腳，不怕他不吐真話。

第一三六章

竹籃打水

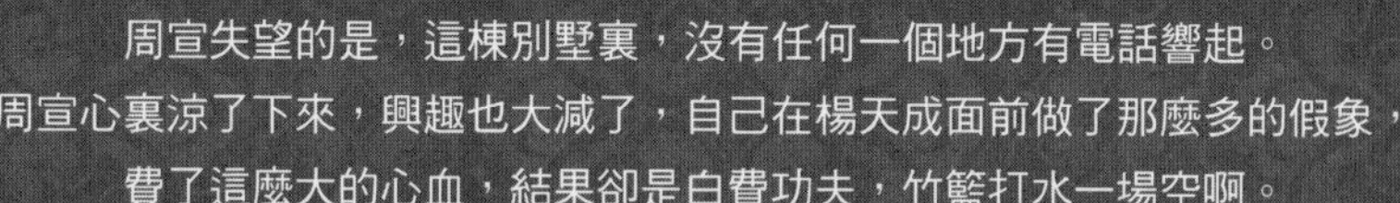

周宣失望的是，這棟別墅裏，沒有任何一個地方有電話響起。

周宣心裏涼了下來，興趣也大減了，自己在楊天成面前做了那麼多的假象，費了這麼大的心血，結果卻是白費功夫，竹籃打水一場空啊。

楊天成是華僑，在國內投資，自然也置辦了一些房產，不過，他不喜歡市區內的吵嚷環境，所以購置的房產全都是郊區的幽靜地方。

保鏢把車停下來的時候，周宣才略微看了看這裏的環境，是個別墅區，楊天成的這棟房子很豪華，三層樓，設計得跟城堡一般，占地至少有一千平方，大門左側前就是一個大大的私家游泳池。

周宣異能一探測，整棟建築高三層，裏面三樓二樓是住宿房間，一樓是各種娛樂室，裏面設施極盡奢華。

而那間室內游泳池裏，有五個幾乎一絲不掛的妙齡女子在嘻鬧。周宣一探測到這個，立即收回異能，對這個，他不愛好。

「來來來，坐下坐下……」到了大廳裏，楊天成請周宣趕緊坐下，又對那個室內游泳池的方向叫道：「小姐們，出來招呼朋友了。」

楊天成話聲一落，室內很快就接二連三的迎出來那五個女子，個個身上都只有胸口和胯下隱遮有二指寬的一塊薄紗，高高的胸脯，白白的大腿，嬌豔的臉蛋。

這些女子雖然穿得很暴露，但不得不說，個個都是美女，不過，她們的美麗在周宣眼中，自然就算不得什麼，一來周宣對傅盈情根深種，對別的女人不屑一顧，二來以他身邊經常出現的那幾個女子，美麗都是無法形容的，楊天成這裏的女人們雖然漂亮，但與傅盈等人一比，立顯差距。

楊天成笑呵呵地指著周宣，對那五個簇擁上來的女子說道：

「這是我的好朋友，年輕英俊又多金，好好陪陪吧，我上樓換件衣服。」說完又對周宣道：「周老弟，失陪一下，我換身衣服。」

「請便請便。」周宣隨意擺擺手，但對一下子圍到他身邊挨蹭的五個女人倒是很不習慣，眉頭微微皺了皺。

楊天成觀察力特強，本來就在注意著周宣，試探他對女色有沒有愛好，但周宣那一閃即逝的表情讓他暗暗吃驚，年紀輕輕的男人，都是血氣方剛的，能不喜愛女色的，那可實在是很少見。

這一下試探的結果，讓楊天成有些意外。基本上，只要他想拉攏的人，都是錢財美色無所不愛的，要是周宣不愛女色，得用錢財去收買的話，恐怕就得多多考慮一下了。周宣本就是一個超級富豪，要打動他的話，就不能以老闆拉攏員工的做法，至少得讓周宣跟他平起平坐，或者把利潤對半分，或許可以試一下。

楊天成說要上樓換衣服，當然只是藉口。上樓後，他馬上用電話通知手下準備好針管藥品，等他吩咐。

周宣探測監視著他，一聽到楊天成讓手下準備這些東西，心裏一驚，搞不好這傢伙真是

擁有毒品。不過，他與自己要查的毒品上家究竟有沒有聯繫、有沒有關係，還無法確定證實，人海茫茫，也很難會有那麼巧的事，只能碰碰運氣，試試看了。

周宣鼻中竄進一陣脂粉味，兩個女子用身體擦著他，另一個甚至用舌頭舔著他的脖子，周宣退開一些，說道：「請你們坐遠一點好嗎？」

「喲，嘻嘻，坐遠一點？那多遠才算遠啦？」

「先生，坐遠了又怎麼能談感情呢……」

「我想跟哥哥探討一下肉搏呢……」

周宣聽幾個女子說得又離譜又露骨，嘿嘿笑了笑道：「好啊，你們要跟我肉搏戰是吧，那我就不客氣了，我可是會點穴術的，你們再上來我就點了啊。」

「點吧點吧，你點點我胸口試試看，我這裏好癢啊……」

兩個女子又逼了過去，毫不理會周宣的警示。

周宣又是嘿嘿一笑，手指對著這幾個女子彈了彈。因為周宣知道楊天成和他的手下都在用攝影機觀察著他，所以做樣子也做得很像，手指彈動間，那五個女孩子頓時都動彈不得，有的張嘴，有的伸手，不僅身體動不了，就連話也說不出來。

周宣是嫌她們幾個不僅動作討厭，而且話也說得露骨難聽，索性把她們的嘴也給凍結了，讓她們乖乖地坐在那裏，安靜著。

楊天成在顯示器中見到周宣這一手，又吃了一驚，本來看周宣喝得醉醺醺的樣子，以爲他就算沒倒下，至少已經失去了動手的能力吧。

沒想到他還有這一手，不僅出乎他的意料，而且讓他吃驚不小。在賭場中見到周宣赤手空拳把獅子打死，就知道他身手很了得，但沒想到他還會只在傳說中才聽到過的點穴術。

說實話，楊天成在國外出生，在國外長大，練武的人見得不少，但是知道武術並不是電影中那種不可思議的動作，武術也只是比普通人要強一些的鍛煉身體的方法而已，他請的幾個保鏢，身手也都不錯，但說要像周宣那般赤手空拳赤手打死小牛一般的雄獅，伸手拈花似的便點了五個女人的穴道，讓她們動彈不得，這樣的人，他可是從來沒見過。

這讓在別處監視著的幾個保鏢也不禁面上失色。

這個周宣，真的太恐怖了，如果要鬥的話，只怕他們幾個全上也不能奈何得了他，搞不好個個都給點得如同那五個女人一樣，像個雕塑一般定在那裏。

楊天成一邊想著對策，一邊換了一身服裝，下樓之前，又吃了一顆醒酒特效藥，這種藥功效極強，幾乎能迅速稀釋他身體裏的百分之七十的酒精。幾分鐘後，楊天成除了還略有一點酒意外，身體差不多恢復到了飲酒前的境地。

不過下樓的時候，楊天成還是把表情裝得跟醉酒時差不多。在周宣面前，這個表情還是

要扮起來的。

在大廳裏，楊天成笑呵呵地走到周宣坐著的大沙發面前，佯裝詫道：

「咦，我這五個朋友向來很活潑好動，話又多的，今天怎麼這麼安靜了？難道是被周老弟的英俊瀟灑，風流倜儻給迷暈了？」

周宣搖搖頭，伸手彈了彈，那五個女子一下又能動彈了，不過給凍結了這一陣子，周宣又有意讓她們幾個身體還略有凍麻的感覺，讓她們不敢再靠近自己。

那五個女子一能動彈後，還真是不敢再靠近周宣了，剛剛那種如同被麻藥麻住的感覺，想動又無力動的感覺，著實難受，這一下也知道這個年輕人可真惹不得。

不過她們也沒有怎麼樣，只是用身體，用美色誘惑一下而已，對男人們來說，這其實是佔便宜的事，他一個年紀輕輕的男子，怎麼就不動心呢？難道她們不漂亮嗎？他不會是一個同性戀吧？

不管她們五個怎麼想，反正是不敢再近周宣的身邊了。

周宣這才笑笑道：「楊先生，我跟她們玩了個遊戲呢，我讓她們試試，誰能一絲不動定多久呢，結果還沒完事，你就來了。」

「哈哈哈，還玩這個？搞得我好像年輕二十年了，唉，老了，年紀大了，跟不上了。」

楊天成一邊嘆息著，一邊故意說著，說完又拍了拍手掌，從廳外立時走進來兩個保鏢。

「楊先生，有什麼吩咐？」

「把我珍藏的紅酒拿出來，我要跟我的朋友一起品一品。」楊天成擺著手吩咐。

要來了！周宣心想：這楊天成又要玩花樣了，剛剛已經探測到他說的話，這時是要拿毒品來讓自己上當嗎？

楊天成確實是那樣想的。像周宣這種超級富豪，不缺錢不缺女人不缺名利，又身手如此超絕，除非讓他沾上毒癮，否則別的辦法都不容易上手。

兩名保鏢很快就把紅酒拿了出來，另一個人拿了七個高腳玻璃杯，擺在臺子上，打開紅酒瓶，一杯一杯倒下，每個杯子都只倒了大半杯。

倒完後，又給每個杯子裏放了一顆四四方方的冰塊。

這個冰塊裏，周宣已經探測到，裏面藏有一顆效用很強的藥丸，大概是興奮劑、迷魂藥之類的，除了楊天成的那一塊冰塊裏沒有藥物外，其他的六塊裏都含有藥物，看來楊天成是想把他和那五個女子都下了藥。

從這一點上看，估計這藥丸不是迷失心智或者迷魂藥一類，因爲楊天成沒有必要把那五個女人也迷倒。

把紅酒準備好後，那兩名保鏢又給周宣和那五個女子一人送上一杯，最後才給楊天成送上。

周宣端起酒杯，聞了聞，又瞧了瞧楊天成，那眼光讓楊天成心中寒顫了一下。按理說，他是個混黑社會的，什麼惡人凶人沒見過？但他對周宣就有一種莫名其妙的恐懼。

只是周宣也只是隨意瞄了他一下就縮回了眼光，然後笑著把杯子裏的紅酒一口喝乾了。

看著周宣把藥酒喝了，楊天成才鬆了一大口氣，他只不過是自己嚇自己吧，周宣根本就沒有發現酒中的秘密，而且他已經醉了八九成了，腦子哪有那麼清醒？

五個女人早就搖晃著杯子把紅酒喝了，她們每天過的就是醉生夢死的日子，這酒對她們來說，已經是不可或離的物品了。

喝了酒才幾分鐘，周宣便察覺到這五個女人神情恍惚起來，表情又興奮又激動，看來這藥就是興奮劑一類的，其中兩個女孩子忍不住呻吟起來。

周宣觀察了一下她們的表情動作，然後運氣把臉色一逼，臉色頓時又紅又紫的，又特意在那幾個女人身上瞄了又瞄。

楊天成頓時大喜，心想這藥起效用了，看周宣那表情，看來他的自制能力實在是太強了，還以為他不好女色了，現在原形畢露了吧。只要有弱點就好辦。

楊天成湊近了些，然後對周宣說道：

「周老弟，我有一種好東西，要不要嘗一下鮮？嘿嘿，跟神仙一樣。」

周宣心中一凜，估計楊天成是想要給自己下毒了，他到底是什麼用意？是他自己吸毒，還是他根本就是一個毒販？與自己來這邊要查的毒販上家到底有沒有關係？

心裏雖然懷疑著，但表面上還是裝得暈暈迷迷的，含含糊糊地說道：「好啊好啊。」

楊天成對兩個保鏢使了一個眼色，根本沒出聲，那兩個保鏢當即到裏間的隱秘處取出毒品針管，把毒品調和成針劑，然後拿了出來。

「周老弟，周老弟……」楊天成叫著周宣，但周宣卻似乎昏睡過去了，叫也叫不醒。

楊天成當即一揮手，其中一名保鏢立即把周宣的右手抓住，把衣袖一捲，然後把針頭對著周宣的手腕上的血管處，找準後，就把針頭扎進肌肉中，然後再把毒品緩緩推進血管中。

周宣忍受了一下針扎血管的痛楚，但在毒品要推進血管中的那一刻，便用異能轉化吞噬掉了。

表面上，楊天成和他的保鏢一點破綻都看不出來，毒品針劑都是他們自己親自動手打的，而且楊天成知道周宣身手超強，怕毒品劑量小了一時不上癮，還專門特地加大了劑量，按照這個劑量，打進血管中後，身體再強健的人都會上癮。

針劑一打完，楊天成徹底鬆了一口氣，這個周宣再厲害，從此以後也得受他的鉗制了。

這毒品純度極高，是沒有稀釋過的高濃度毒品，只有拿來對付周宣才用。這還是他親自看到周宣那恐怖的身手後才用這麼大劑量的，要是普通人，這個劑量一下子就會休克，也許會死掉。

楊天成最相信的就是他自己，只有自己親眼看到並實施的，他才會確定，他也最喜歡把一切都控制在自己手中，因爲他有著極強的控制欲。

現在親眼盯著給周宣打了大劑量的毒品，他這才放心了，並且極是高興。自己即將把周宣這麼一個得力人物攬入自己旗下了，眼看就有大把大把的財富將要流入自己手中了。

那五個女子在喝了混有興奮劑的紅酒後，已經醜態畢露，動作不堪入目了，而周宣因爲被注射了毒品，更是裝著昏迷不醒，閉著眼探聽著楊天成與他的手下們談話。

「毒品的效用大約會有半個小時，半小時後他就會醒過來。第一次毒品後作用會讓他軟弱不堪，我這劑量又是加大了的，一小時後就會有需求，嘿嘿嘿，就算他有超強的體質和武術，那也得乖乖依附我，爲我做事了。」

楊天成嘿嘿笑著，一邊說一邊又得意地盯著周宣，幾個手下也都吹捧著他。

這一次幹得確實漂亮，他們在賭場也都見識過周宣驚人的功夫，活生生地把雄獅都打死了，甚至把堅硬的獅頭劈成了兩半，讓雄獅腦漿迸流，最後還把粗如兒臂的鐵欄杆一拳打斷……那麼可怖的武力，這幾個保鏢自問是遠遠達不到的，所以要說想跟周宣動硬的，那肯定不是對手。

「把她們給我弄走！」楊天成皺著眉頭指著那五個女人吩咐著。

若在平時，他是喜歡跟她們幹這個的，但現在，他的心思全放在了周宣身上，對女人的興趣就弱了。

幾個保鏢分別把五個女子扛起來扔到樓上的房間裏。

大廳中，楊天成獨自與周宣相對。

楊天成端了一杯紅酒，瞧著昏睡的周宣得意地笑著，抿了一小口紅酒在嘴裏，慢慢品嘗著味道，一邊又安靜地等待周宣醒來。

過了近半個小時後，周宣長出了一口氣，「悠悠」醒來。

看了看楊天成，他故作訕訕地笑了笑道：「楊先生，真的不好意思，也不知道怎麼搞的，就睡著了，可能是酒喝多了。」

「沒關係，我也喝醉了，剛剛醒過來，不過我天生就是個酒鬼，只要一有空，我就會喝酒。」楊天成端著酒示意著，又問道，「周老弟，要不要再來一杯？」

周宣擺擺手道：「不用了不用了，我比較不習慣醉後再飲……楊先生，不好意思，我有個電話要打，忘記了。」

楊天成笑呵呵一擺手：「請便請便。」

周宣掏出手機，站起身走到牆角邊，離了楊天成四五米遠，這是有意離他不太遠，一邊又運起異能探測著楊天成的整棟別墅，再把那個毒品上家的電話調出來，沉吟了一下，才一

下子按了撥打鍵。

這一次，手機裏傳來撥通的聲音，周宣一喜，更是加緊運起了異能探測著別墅裏，仔細探測著，看有沒有電話響起。

手機裏的撥號聲音一下又一下響著，也始終沒有人接聽。

周宣失望的是，這棟別墅裏，沒有任何一個地方有電話響起。周宣心裏涼了下來，興趣也大減了，自己在楊天成面前做了那麼多的假象，費了這麼大的心血，結果卻是白費功夫，竹籃打水一場空啊。

既然楊天成與他要找的人沒有關係，那周宣也就沒有待在這裏，再跟楊天成耗時間的心思。

手機那頭的電話總是不接，周宣把手機一按，然後轉身對楊天成道：「楊先生，對不起，我要回去處理點私事，先告辭了。」

楊天成一愣，沒想到周宣忽然就提出要走了，他後面準備再給周宣加注一次毒品的，因爲在第一次注射毒品後，一個小時中再注射第二次，那就可以鐵定保證被注射的人無法擺脫毒癮了。

一般來說，吸食毒品有戒掉的可能，注射劑量大的就不容易戒掉。加大劑量就根本不可能戒掉了，因爲吸食的毒品毒素是從人體器官外層侵入進去，而打針注射的毒品是直接侵入到血液裏面，從骨子裏與人體糾纏在一起了，所以無法再戒掉。

看到周宣很堅決的樣子，楊天成有些失望。

不過，好在這一次總是把大事幹了，即使周宣現在走掉，毒癮基本上也消除不掉了。

想了想，他當即從桌子上的名片盒裏取了一張名片，然後遞給周宣。

「周老弟，這是我的名片，如果沒事，又有空的時候給我打個電話，大家一起玩玩，聊聊天，或者來我這兒喝喝酒，我的酒，嘿嘿，可珍藏得不少呢。」

楊天成特地把「喝酒」的事說得語氣重一些，這是故意在周宣面前提醒一下，讓他回去後毒癮發作時，難受時會想到他這兒來找他，否則要是周宣找別的人買了毒品解決了需求，那就讓他白費心機了。

楊天成倒不是想給周宣賣毒品來賺錢，周宣一個人抽食也花不了多少，以他的身家財產，一個人吸毒，最多也就不過幾百萬的開支。楊天成是想用毒品來控制周宣，讓周宣和他合作。

以周宣的能力，若是去參加他安排的富豪賭局，與那些超級富豪鬥賭，一局就是上千萬過億的大數目，這比什麼來錢都要快，關鍵是要有能力，要贏得到。

通常，那些超級大富豪們都不是傻子，因爲有錢，對於各種高科技的作弊手段都瞭若指掌，所以跟他們玩，必須得靠個人能力。

而楊天成覺得周宣就有這種能力。在賭場中，監視作弊出千的監控設備都是世界上最先進的，而且賭場的管理人員也都是極有經驗的人，其中還有許多是專業從職於賭業這一行的高手，若連他們都看不出來，那就說明周宣不簡單。

而且楊天成自己也是這方面的行家，他可是從頭到尾都想不通周宣是怎麼辦到的，最後一局倒是能解釋通，那就是周宣是用個人的武力解決的。

「那這樣吧，我安排我的保鏢開車送周老弟吧，既然周老弟有要事處理，那我也不能耽擱你的正事。」

周宣呵呵一笑，說道：「那謝謝了。」

在這個時候，在這個地方，他可不會拒絕，否則在這麼偏僻的地方，又沒有車又沒有人的，拒絕了楊天成的車，就等於是讓自己走路回去，這麼傻的事，沒必要幹。

楊天成的一個保鏢開了一輛深色賓士出來，不算太惹眼。請了周宣上車，便開車離開了。

周宣說了自己住的酒店名稱，那保鏢點頭示意知道。

直到開上公路，離開社區很遠了，那保鏢才問道：

「周先生，可以問您一件事嗎？」

周宣笑了笑，回答道：「你說吧，當然可以。」

那保鏢笑呵呵地道：「只是覺得很好奇，周先生是怎麼練成了那麼神奇的功夫，點穴術我是聽說過，算硬功夫，劈木劈磚也見過，但卻沒聽說過能把獅子腦袋一拳打成兩半來的！另外，還有那點穴術，一向都只是聽說，可從來沒見過！而且，即使聽過，也沒有像周先生您使出來的這麼神奇啊！我就是想問一下，您是怎麼練成的？誰教您的啊？世界上真有這麼神奇的高人嗎？」

周宣淡淡道：

「中國武術，博大精深，比我神奇、比我威力大的，大有人在。也不是不可以告訴你，實話說吧，我從小是被武當山的一個老道士教出來的。至於我師傅，他從來不想被別人知道自己的身分，說出來也沒有人知道，只是一個低調的老道士而已。前兩年他就不見蹤跡了，走之前曾經跟我說過，說要雲遊天下。」

那保鏢不禁暢然神往。作爲一個保鏢，最希望的就是能練出一身高強的功夫來，平時跟幾個同事一起訓練身手時，大家實力都相差不多，因而自我感覺不錯，一個人打三四個普通人是不在話下的，但現在，這分自信心卻給周宣打得粉碎了。

在酒店門口，周宣讓那保鏢停車放下他，然後告別。那保鏢也不跟周宣客套，直接掉頭返回。

周宣一邊走，一邊又探測著他的蹤影，見那保鏢並沒有來監視他的行動，也就隨他去了，乘電梯上樓，回到他的房間。

其實這時候已經深夜了。本來還想到高明遠那兒去看一下他，不過太晚了，心想還是明天去吧，否則雙方都不方便。再說，高明遠也喝醉了，他去也沒什麼意思，休息一晚，明天再去找高明遠。

既然聯繫不上那個毒販，不如趁機再多走幾個地方，多買一些石料回去，這個還比較有用。

回到房間裏，周宣洗了個澡，一身輕鬆地回到床上後，給家裏打了個電話。因爲太晚，這個電話只是打給傅盈一個人的。

本來是想聽聽小思周的聲音，但傅盈說他已經睡了，吵醒的話就會大哭，周宣想想也就算了，只跟傅盈說了一句：「盈盈，我好想你。」

傅盈停了停，然後才回答道：「我也是。周宣，我們的寶寶這幾天在我肚子裏一直動個不停，老是踢我，你辦完事就早點回來吧。」

「嗯，最多還有一個星期我就回來了！我在瑞麗聯繫到一個玉石廠的經理，經他搭橋，我已經採購了成百噸的毛料。運到城裏後，你讓弟弟付清另一半的車費，然後把毛料送進我們的解石廠中。要多加強廠房的安全，這一批石料比去年那一批要多多了，價值很大。這幾天我還想再多採購一點，這樣可以讓我們的珠寶公司競爭力更強，也能支撐更久。」

傅盈感覺到周宣並不緊張，看來是真沒有危險的事，也就戀戀不捨說了一些情話，最後還是周宣心疼她懷孕了又在深夜中，主動掛了電話，否則傅盈還不捨得掛。

躺在床上休息了一陣，周宣又理了理思緒。那個毒販上家實在是太小心，也太有耐心了。

從到了這裡後，他就一直不開機也不聯繫，今天倒是開機了，卻不接電話，讓他無可奈何。

周宣想了想，又拿起手機撥打了一次，很惱人的是，這一次撥打後，手機裏傳來的又是「您撥的電話已關機……」周宣惱怒地把手機扔到床邊上，抱著頭又想著，要不就再等一個星期？如果一個星期當中，這個毒販上家再不開機聯繫，那自己就返回城裏，也算是交了傅遠山的差，想必傅遠山也不會怪他沒有破案，他已經盡力了。

躺在床上沒有練習異能，也沒有心思去看古董之類的書，腦子中想著傅盈和小思周，胸中儘是柔情，慢慢入睡了。

早上他是給一陣急急的敲門聲驚醒的。

周宣異能探測到門外的人是高明遠。

起身給他開了門後，高明遠急急地進了房間，然後拉著周宣仔細地看了看，然後問道「老弟，那……昨天晚上，你是不是跟楊先生回去了？」

周宣點點頭，然後回答：「是啊，當時你喝醉了，不省人事，所以沒讓你跟著一起去。」

高明遠皺著眉頭問道：「他……他們有沒有……有沒有對你……對你怎麼樣？」

周宣心裏一動，這高明遠似乎對他是真的很關心，看來他對楊天成還是有些瞭解的，雖然不能說知道很多，但估計是知道楊天成的手段很毒，否則怎麼會那麼害怕他？

笑了笑，周宣拍了拍高明遠的肩膀，安慰道：

「放心吧，我沒事，好好的呢，也就在他那兒喝了點紅酒，最後覺得有些不舒服，就回來了。」

高明遠這才鬆了一口氣，然後又問道：

「老弟，今天還想去玩點什麼？呵呵，不過賭場是沒得玩了，賭場方面已經通知我了，說是我們的賠償金還要等兩天後才能支付，因為數目太大，他們需要籌集現金。賭場這兩天也停業休息，兩天後才恢復營業，所以今天我們得玩點別的了。」

「不用玩別的，我也不喜歡遊山玩水，老高，你還是帶我去參觀一下其他的玉石廠，我想再採購一些毛料。」

「哦……」高明遠怔了一下，沒想到周宣還是要去買石料，上次在批發市場弄了那麼多的石頭，難道還不夠？把那些廢料弄回去，划算麼？

不過高明遠也知道，以周宣的財力來說，這是半點問題都沒有的。不說他自己有多少錢，就從這次賭石開始，一直到昨天在賭場贏的錢，他一共就賺了兩億五千萬的巨額現金。如果加上兩天後賭場兌現的那些錢，那周宣就有五億的現金，而自己也有兩億多進賬。

光是這一筆財富，就十分驚人了。不過，周宣顯然對這些贏來的錢不在乎，從這一點上面來估計，高明遠就知道，周宣的身家肯定遠遠比這些錢要多。

高明遠呆了一陣，然後醒悟過來，趕緊道：

「行行行，老弟想要到哪兒，我就做你的導遊，不過，這兒的石料市場，除了我們那個批發點，其他地方有是有，但都是規模小一些的，沒有這麼大的量了。」

「沒問題。」周宣隨意回答道，「反正沒有別的事，幹這些事比到別的地方閒逛要好。」

高明遠點點頭，「那行，不過在出發之前，我們還是先吃點東西吧，我帶老弟去吃……」

周宣一看他的表情，就知道他要帶自己去吃什麼大餐了，當即攔住他道：「我看酒店對面有一間點心店，隨便吃一點就好了。」

高明遠訕訕地道：「你是不是怕我花錢？」

「我還跟你客氣個什麼？嘿嘿嘿，我只是圖個方便，大魚大肉的天天吃，你不膩嗎？」

周宣拍著高明遠的肩頭笑道。

第一三七章

隔空點穴

高明遠見到這些人又都像雕塑一樣呆立著，隨即站起身來觀看，
發現他們全都如同之前那幾個人一樣被定住了，周宣真是厲害啊，
這麼多人就一下給定住了，
看來他的點穴術已經到了出神入化、隔空點穴的地步了。

經過酒店大廳時，周宣的異能剎時有了感應，心裏便注意了起來，他探測到，最少有六名男子在監視他。

周宣注意到這些人的異常之後，並沒有提醒高明遠。如果告訴他，或許高明遠不僅不能幫到他什麼忙，反而有可能打草驚蛇，索性裝作什麼都不知道。

在餐廳吃早點時，周宣異能又探測到，跟著進來分散在餐廳各處暗中注意他的人，已經增加到了八九個，而且餐廳外面，似乎還有七八個人在等候著。

再遠處，幾輛停著的車裏面還有幾個，其中有兩個人身上有手槍。

周宣一怔。這些人有十多個，而且還不知道別處是否還有人手，這麼多人來跟蹤他，只怕不是那麼簡單的事了。不知道是不是那毒販上家派來的人？或者是賭場和楊天成的人？

周宣估計可能是這三方中的一方，而最有可能的，應該就是楊天成的人了。楊天成昨天對他費盡了心機，設了那麼多的陷阱，怎麼可能輕易放手呢？

但有一點他又有些想不通，就算是那樣，也沒必要派這麼多人來跟蹤他吧？這個樣子不像是跟蹤，而像是準備幹掉他的情形了，否則哪需要這麼多人手呢。

高明遠主動又勤快地給周宣介紹著當地最有名的點心，點了一大桌子，周宣很有胃口地吃了不少。

吃過早點後，高明遠順手掏了一百塊扔在桌上，然後拉了周宣就走。點心一共才幾十塊錢，不要老板找錢了，小小的也豪氣一下。

車子停在外面的路邊，仍然是高明遠那一輛大眾。

上車後，高明遠把車頭一拐，上了公路，然後使勁在方向盤上拍了拍，說道：

「老弟，我準備換一輛車，你給個意見，是寶馬好呢，還是賓士車好呢？」

周宣笑笑道：「那你可就問錯人了，我對車並不太熟，就是駕照也是朋友走後門替我辦的。我自己買了輛奧迪A6，幾十萬塊。車子對我來說，只是個代步的工具，品質過得去，安全有保障就可以了，我不追求多麼高檔豪華，就比如手機一樣……」

周宣說著，把自己的手機掏了出來，亮了亮說道：

「看吧，國產山寨機，五六百塊錢一支，能打能接，還能照相，很多人花高價去買什麼蘋果機，我對那個同樣不感興趣。手機嘛，能打電話就好，其他功能再多，我也很少用到過。原來我太太給我買了支智慧型手機，呵呵，不好意思，那支智慧型手機讓我不會接電話也不會發簡訊了，連簡單的操作都不會了，所以，我還是換回了我原來的五百塊的山寨機。」

高明遠臉一紅，原是想換輛車提高一下自己的層次，身家提高了，各方面的配備自然也應該要高檔一些，才能配得上自己的身分嘛。但聽到周宣的話就讓他臉紅了，心裏還以為周宣是在嘲諷他發了點財就暈頭轉向，不知道天高地厚了。

周宣看高明遠臉紅扭捏的樣子，知道剛才說的話有些重了，讓高明遠有些誤會，當即笑道：

「老高，你可是誤會我的意思了，我只是說我給不了你什麼意見，因爲我本身確實對這些確實不太懂，可沒有嘲諷你的意思啊。」

高明遠臉又一紅，周宣把話說得這麼露骨，讓他更加不好意思。

不過也看得出來，周宣是個耿直的人，聽他這麼一說，高明遠又覺得有些奇怪，周宣說的這些話，跟他神秘的身分和超常的氣質又有些不符，聽他的口氣，就像個鄉下人一般。

公路上，車流如梭，周宣全力運起異能探測著。

仔細比較過後，可以確定後面跟蹤的車輛有六輛，一共有二十一個人，有兩個人有手槍，每輛車的後車箱中都有幾把砍刀，看來這些人是想對自己動手了。

照理說，應該不是針對高明遠的，要是針對他的話，早就動手了，又哪會等到今天？

「算了，到鄉下轉一轉吧，我很想看看鄉間的風景。」周宣對高明遠說。現在要是去熱鬧的批發石料廠，只怕會惹出麻煩，這麼多人肯定會找機會對他們下手，不如到偏僻的地方去，沒有什麼人看到，好行事一些。

周宣並不想先動手，而是想等那些人先出手再說。因爲一時猜想不出來到底是哪一方人馬，一切都要等到那些人出手後才能確定。只要他們對他不是一出手就是要命的手段，那就先等一下看看，能不能找到幕後主使者。

高明遠在下一個路口轉了彎，進了另一條路，然後才問道：

「老弟，鄉下可沒有飯店，沒有賭場，現在又過了季節，就是油菜花都沒得看了，有什麼好玩的啊？」

「只管去吧，好好開車，等一會兒我再告訴你原因。」周宣淡淡說道。現在車多人多，要是說出來，只怕會嚇到高明遠，別一心慌出車禍就不好了。等到了沒人的偏僻地方再跟他說明。

高明遠雖然有些納悶，但對周宣的話，他還是很順從。周宣要去哪兒就去哪兒吧。

過了環市路後，漸漸入鄉，公路上的車輛就少多了。這一下跟蹤的六輛車就無法掩飾了。後面跟蹤的那些車也覺得現在動手不方便，想等到他們把車開到最偏僻無人的地帶，再動手攔截。

高明遠一點都沒有發覺後方跟蹤的車輛，從照後鏡裏雖有看到許多車子跟著，但是卻沒有往那一方面去想。

到後面，公路窄了，又進入鄉間，彎道多一些，高明遠把車速放緩了許多。

一直沒有合適的地方，公路兩邊已經很少有人煙了，但公路邊上沒有比較寬的地方，一

直到轉過彎道後，周宣看到前面四五百米遠的地方，公路靠右側是一塊數百坪的平地，心裏便估計著，那些人有可能會在這裡動手吧？

果然如此，後面六輛車中，有四輛是越野吉普車，從路邊進入那塊土坪，底盤矮的跑車是過不去的，但越野吉普車卻毫無問題。

周宣只這麼一想，那四輛越野吉普車便加快了速度超車，一輛接著一輛，絲毫不按規則，把高明遠擠得緊靠在公路右側，有兩次還險些擦撞到。

高明遠氣得大罵起來，趕緊把車靠邊停了下來，那超車的四輛車在前面挨個兒停成了一排，嚴嚴實實地把前路堵住了。

高明遠把車門一開，當即跳下車，指著前面的車大叫道：

「你們怎麼開車的？差點出車禍了知道嗎？」

周宣暗暗好笑，想要他們跟你講道理，那可就難了。

高明遠一聲大喝後，只見前面四輛吉普車車門齊刷刷打開來，從車裏鑽出來十幾個壯實的大男人來，一多半還戴著墨鏡。

看到這些人一臉不善的表情，高明遠一怔，趕緊閉了嘴，其中有幾個男人又到後車箱中把車箱打開，各自提了一捆砍刀出來。

高明遠這一下可嚇得面如土色了，這些人顯然來者不善，個個面露橫相，眼露凶光，難道是知道他發了大財，來搶劫他的嗎？

「周老弟，趕緊上車，我們快跑，這些人……怕怕……怕是搶劫的……」高明遠一邊驚呼，一邊拖著周宣往車上拉。

周宣淡淡道：「老高，遲了，跑不了，鎮定些，有我在呢，保你沒事。」

高明遠看周宣指了指後面，回頭一看，不由得叫了一聲苦，後面兩輛小車打橫，正把路面完全堵住了，即使他們開車，也過不了後面這一關。

看來這些人是一起的，只是他想不明白，現在搞搶劫會出動這麼多人、這麼多車，明目張膽的幹嗎？

後面的兩輛車上也鑽出來七八個男人，一個個的都拿著砍刀，凶狠狠地逼了上來。

高明遠慌了手腳，臉色慘白，身子直打顫，緊挨著周宣顫聲道：

「這……這怎麼是好……這怎麼是好……」

周宣拍了拍高明遠，低聲說了句：「有我在呢。」

不過，這句話對高明遠來說作用不大，他們兩個赤手空拳的，無論如何也打不過二十來個手持砍刀的壯男吧？

周宣對這些人自然是不怕的，唯一擔心的就是那兩把槍。萬一射出子彈來就麻煩了，所以他之前便已經暗中運異能把子彈給吞噬了。為了保險，連手槍裏的撞針也轉化吞噬了，即

使槍是完好的，子彈也打不出來了，雙重保險比較安全。

圍上來的人前前後後將周宣和高明遠兩個人圍在了裏面，看來這些人並不是一上來就要對他們下毒手的，看看他們提出什麼條件，或者是什麼要求，就能分辨出他們的來意了。

「你……你們……你們到底要幹……幹什麼？我……」高明遠嚇得哆嗦地說著，一邊又從口袋裏往外掏錢，「我給……給錢，你們不要傷……傷害我們……」

來之前，因爲想著要帶周宣去吃喝玩樂，除了銀行卡，高明遠還帶了幾萬塊現金，口袋裏裝了幾千塊，其他的放在車裏的手提包裏。

爲首一個臉色陰沉的男子盯著高明遠和周宣瞧了半天，將高明遠瞧得心裏更是慌亂不已，然後才沉沉地說道：

「我們不要錢，乖乖地拿一件東西出來，只要你拿出來，我們不會傷害你，要是不拿出來，可就別怪我們心狠手辣，綁了你們加石塊裝麻袋沉到江裏餵魚，自己考慮吧。」

「給給給，你們要什麼我們就給什麼，只要你們不傷害我們就行。」高明遠一連串答應著。

看到這些人凶狠的樣子，他早就嚇破了膽。再說了，這麼多人專門來劫持，肯定是有目的，還是儘量不要觸怒他們。

不過周宣倒是有些感覺到，這些人並不是真想傷到他們，只不過是想得到某種東西，這讓周宣有種念頭，這些人極有可能是楊天成的人了，是不是想要他答應合夥幹什麼？

那爲首的男子又道：「你們兩個，把身上的單據拿出來，只要給我們單據，也不難爲你們，識相的就趕緊拿出來。」

周宣這一下恍然大悟。原來這些人是賭場的人！

他們此次跟蹤的目的，只是想把他跟高明遠手裏的單據欠條要走！他們兩個人的欠條上，賭場一共要賠七億多的現金。

看來，賭場方面並不想讓賭場關門，而是想暗中把這些債主解決掉。過兩天賭場開張後，他們給一眾賭徒的表現仍是守信用、有實力的莊家，可以繼續讓他們聚賭。

周宣心想，倒是錯怪了楊天成和那神秘的毒販上家了。

眼前這些人只是賭場方面不想賠錢而請來的打手而已。又因爲賭場的陳總已經知道了他的身分，所以也不敢真把他怎麼樣，只好請打手制服他們，將欠條拿到手，只要沒有了證據，賭場方面就可以不認賬了。

賭場的經營就跟買彩票一樣，由機器打出來的單據爲憑，若是用手機投注的，則有賭場發出來的短訊確認，如果沒有手機短訊或證明單據，賭場方面就可以完全不認賬。

高明遠還是一頭霧水，搞不清楚他們的意思，當即問道：「你們要……要什麼單據？我

們廠裡的發票嗎？」

「發你個大頭鬼，少跟老子裝蒜，我要的是昨天你們在賭場裏投注的單據。」那男子揮著刀凶狠地說著。

這個人腰間還有一把手槍，本來他們來的時候是沒打算帶槍的，二十一個大男人對付兩個赤手空拳的人還要帶槍，那真是可笑。但是聽陳總說，周宣是個武術高手，一拳就能把獅子打死，甚至能把粗厚的鐵欄杆打斷，所以他才和另一個手下帶了槍出來。

而且，這二十名手下都是擅打鬥、心狠手辣的角色，周宣再厲害，也厲害不過手槍子彈吧？

高明遠呆了呆，這才明白過來，不禁「啊」了一聲，然後說道：

「你們……你們也太狠了吧，想要賴賬嗎？」

陳總可是說清楚了，高明遠無關緊要，但切記不能傷到周宣性命，只能嚇唬他。所以，那男子幾個大踏步過來，想給高明遠手臂上來一刀狠的，好殺雞儆猴一番。

不過，周宣又怎麼會容許他行凶傷人？還沒走到三步，在離周宣和高明遠有三米遠的樣子，那人便如中了定身法一般定在當場，手中揚著刀，邁著步，張著嘴，樣子極是搞笑。

周宣在高明遠耳邊低聲道：

「老高，放心，這個人已經被我點了穴道，動彈不得了！你想要怎麼樣就可以怎麼樣！

別的人都在我控制的能力範圍中，一點都不用害怕，來一個我點一個。」

因爲周宣並沒有什麼明顯的動作，所以那男子的手下們都不知道發生了什麼事，還以爲他們的頭兒在搞什麼怪。

只是停了好幾秒鐘後，他們見自己老大還是那個樣子，跟個雕像一樣，才覺得不對勁了，趕緊衝上前。

只是衝上前的幾個人剛圍在老大身側，便即遭到了同樣的命運，一個個都定在了當場，各自表情不同。

高明遠這下可奇了，側頭看了看周宣，見他笑吟吟怡然自得的樣子，這才想到真的可能是他幹的。

高明遠突然想到昨天他赤手空拳把獅子活生生打死的事情來，看來周宣不僅年少多金，賭技好，頭腦精，功夫深，而且還會神奇的點穴術。

看到面前這些人呆定的動作不像是裝的，高明遠一時大膽起來，衝上前便是一腳，踢到一個人腰間，那個男子身子便即直挺挺倒了下去，只是全身依然動彈不得，但臉上肌肉卻是扭曲不已，顯然他這一腳踢得很狠。

高明遠這一下樂不可支起來，恐懼心一去，惱怒心又起，上前一個一腳地狠狠踹過去，「劈哩啪啦」一陣，把這五六個被定住的人踢倒在地。

這六個人倒地後，都是不能動彈，不能說話，但可以看得出來臉上的表情，皆是一副很痛苦的模樣，讓圍著周宣和高明遠的人都吃了一驚。

爲首那個人已經被周宣凍結，又給高明遠踢倒在地，嘴裏不能說話，但心裏卻明白，陳總說的話果然不假，讓他對付周宣時要小心些，沒想到還是著了他的道。

知道這個底細的，就只有他和他的副手，另外那個副手手中也有一支手槍，此時人在後面，沒有被周宣點倒，不知道他有沒有那麼聰明，趕緊把手槍拿出來使用？

那個副手呆了一下，隨即把手槍掏了出來，對著周宣喝道：

「馬上給老子抱頭蹲下，否則老子開槍了。」

但他怎麼也想不到，周宣早已經把他的手槍威脅解除了。

之前來的時候，陳總再三跟他和老大叮囑過，周宣有很強的身手，能赤手空拳把獅子打死，一定要注意。但因爲沒有親眼所見，他們心中並不以爲然。他們一夥二十多個人，聲勢浩蕩，見到周宣和高明遠時，心中的鄙夷就更強了，就這麼兩個人，還用得著他們這麼多兄弟一起出手？

只是前後圍堵夾擊之下，老大率著幾個兄弟先上前動手，結果對方都沒有什麼動作，老大和五個兄弟就被定在當場，接著就給高明遠一腳一個踹翻在地。

這可把他嚇得不行，不僅僅是他，圍著的其餘兄弟都嚇得心裏「撲通撲通」直跳，這麼神秘的身手，就跟神仙一樣了，超出了他們的想像。

不過他那些兄弟嚇了一下，隨即又都發一聲喊，一窩蜂地揮刀衝了上來。

他們本來就是鬥勇鬥狠的人物，現在人多勢眾，自然不會就這樣給嚇跑，所以準備趁人多砍翻周宣再說。老大關照過不要傷人命的話，現在都丟到了九霄雲外了，這個時候，哪還管得著傷不傷人命？

高明遠嚇得驚呼一聲，轉身就跑，但背後有人拿刀衝過來，於是他迅即蹲到地上，抱著周宣的腳直發抖。

周宣哪裡會讓他們衝到近前來？這些人，人數雖眾，但都處在周宣的控制範圍之中，只不過剛踏出兩米，俱都又給定在了當場。

這一下，周宣一共控制住了二十個人，只剩外面沒有跟過來的一個人。

高明遠蹲在地上抱著頭直發抖，好半天見沒有刀棍拳腳落到身上，這才把眼睛睜開一條縫瞄了一下，見到身周這些人又都像雕塑一樣呆立著，不禁又是一呆，隨即站起身來觀看，發現他們全都如同之前那幾個人一樣被定住了，頓時不由得哈哈大笑起來。

周宣真是厲害啊，沒見他怎麼動手，這麼多人就一下給定住了，看來他的點穴術已經到了出神入化、隔空點穴的地步了。

剩下那個人，也就是他們這幫人的老二，已經慌了神，二十個兄弟都在人家神不知鬼不

覺之間給點了穴，現在只剩他一個人，當即想也不想地趕緊把手槍掏出來，大喝道：

「姓周的，趕緊給我乖乖的蹲下，把單據拿出來，否則我就開槍打死你！」

高明遠剛才鬆了一口氣，一見到此人持槍對著他們，又嚇得臉色大變。

但周宣卻是半分也不緊張，嘿嘿一笑，彎腰從地上撿起兩條鐵棍，把其中一條遞給高明遠，笑道：「老高，報仇的時候到了，狠狠打，使勁出氣！放心吧，那人已經被我控制了，威脅不到我們！」

周宣說著，揮動著鐵棒，對著那些被他凍結了的打手們的手腳狠狠打去。

那些人全身都給周宣用異能凍住了，又不能動又不能叫，只有臉上肌肉狂扭。

那個老二見周宣在他槍口之下還敢這麼囂張，愣了愣，揮著槍叫道：「你……你他媽想死是不是?老子開槍了！」

周宣嘿嘿一笑，嘲道：「開啊，不開你是孫子！」

周宣說著，提著棍子直朝老二走去。

老二又驚又怒，再也忍不住，把槍口對準周宣，連連直扣扳機。高明遠嚇得捂眼大叫起來，周宣雖然厲害，但也沒辦法擋住子彈吧？

不過，一直也沒有聽到槍聲響起。等了一會兒才抬頭看到，那老二連連扣動板機卻不響！又見周宣提棍朝那個老二緩緩走去。

那人見手槍失了效，嚇得慌了神，轉身就要逃跑，但一轉身之際，忽然發現腳麻了，半步也挪不動，而周宣卻一步步逼近，嚇得直叫。

這個老二也是個凶狠的人物，平時打打殺殺，白刀子進紅刀子出的，眼都不眨一下，但現在卻給周宣的氣勢嚇破了膽。老二馬上便想到，今天是栽了，多半是落入到周宣精心設置的陷阱中。

周宣哪裡管他想什麼，走到近前，便掄起鐵棍，就著他的手腳狠揍。

老二除了一雙腳不能動之外，其他地方都是好好的，周宣一頓鐵棍打得他哭爹叫娘的，慘呼聲讓那些躺在地上不能動的打手們都膽寒不已。

周宣看起來年紀輕輕的，一副老實樣，這些人怎麼都想不到，周宣會這麼可怕，這麼令人膽寒，出手狠辣無比。

周宣打了一陣子，有些累了，扔了鐵棍，然後對高明遠道：

「老哥，好好出口氣！你看看，這就是賭場那些人的嘴臉！一邊騙了你們的錢財，一邊還要裝作是有信用的好人，背底裏施陰招！嘿嘿，能出氣時就使勁打！」

高明遠看到周宣毫無顧忌地上前狠打那個持槍的老二，那個老二不僅手槍打不響，又給周宣打得在地上打滾，終於明白，周宣說的都是真的，這一切都在他的掌控之中。

他本就覺得心中不爽，但對賭場那些人是敢怒而不敢言，現在這些人在周宣的面前，就跟蟲子一般渺小，任憑周宣整治，想捏扁就捏扁，想捏圓就捏圓，於是心裏放鬆下來。隨即提起鐵棍，就對著身邊那些躺著不能動的打手們拼命狠揍。

不過，高明遠也學到了周宣的手段，只揀手腳關節處打，而不去攻擊他們的胸部肚腹和大腦這些致命地方，把人打傷打殘沒事，但打死人就會有麻煩了。

高明遠打到累了，氣喘吁吁停了下來，抹了一把汗水，然後對周宣訕訕笑了笑，把鐵棍子扔了，這才覺得心裏舒暢多了，即使那兩億多拿不到手也認了，好歹也要從他們身上出口氣。

周宣爲了給高明遠不留後患，手指連彈，裝模作樣做起了動作，同時把冰氣凍結的那些人都解除了禁制，那些人頓時便此起彼伏地慘叫起來。

周宣冷冷朝他們掃了一眼，然後笑道：

「嘿嘿嘿，老子也懶得追問你們，告訴你們的後臺老闆，那錢要是兌換不到，或者又使什麼陰招詭計，那你們的下場就跟這些車一樣。」

周宣說完，幾個大步走到這些人開的吉普車前，一輛車拍了一掌，也沒聽到有多大響聲，但那車頭卻是齊刷刷地斷爲兩截。

這一份大力，要是拍到他們的身體上，只怕人就變成肉泥了。

這還是人能達到的地步嗎？就算用機器，也不可能一下子把一輛車的車頭給切成兩半吧？

一地慘呼的人都不敢呼叫了，生怕周宣不耐煩起來對他們動手。

周宣回過身來對高明遠道：「老高，開車，走。」

高明遠這才醒悟，趕緊上車發動車子慢慢掉頭。

前面還有兩輛車橫著攔住去路。周宣上前用力一推，把車推進了路邊的田地中。高明遠把車開了過來，在周宣身邊停下來，然後伸手一招，說道：「老弟，上車。」

周宣淡淡一笑，拉開車門上了車。

高明遠把車緩緩加速。在照後鏡裏看到，那些打手們等他們走後才慢慢爬起來，那副狼狽的樣子讓高明遠無比的痛快。

「老弟，現在又要去哪兒？」高明遠問了一聲，忽然想道：「老弟，我忽然想起來了，你是不是早知道他們這些打手跟來了？」

周宣嘿嘿一笑，說道：「我要早跟你說了，你要是把車開進溝裏怎麼辦？」

周宣雖然沒有正面承認高明遠問的話，但也差不多承認他早知道這些人跟蹤的事。高明遠這時心裏又暢快又輕鬆，再也沒有先前的緊張。想想也確實是，要是那時候周宣向他說出來，後面有這麼多人跟蹤，只怕他真的會緊張過度，只會壞事。

高明遠開了一會兒車，才又想起來要問周宣再想去什麼地方的事了，正想問時，手機卻響了，拿起來一看，螢幕上顯示是楊天成的電話，怔了怔對周宣說道：

「楊天成的電話，不知道是什麼事？」

周宣心裏一動，又想起了楊天成昨天的事情來，只怕是楊天成要找的是他吧，當即對高明遠說道：「老高，接！」

高明遠點點頭，按了接聽鍵，把車速也減慢下來。又特地按了免持鍵，楊天成的聲音便清楚的傳了出來。

第一三八章

踏破鐵鞋無覓處

手機響了，卻也不表示就是周宣撥的電話，
周宣異能探測過去，那個陌生男子把手機拿出來一看，
螢幕上顯示的，正是自己的手機號碼。
周宣這一喜，可是非同小可，
當真是踏破鐵鞋無覓處，得來全不費工夫啊。

「高經理，周先生應該跟你在一起吧？」

高明遠怔了怔，偏頭看了一下周宣，周宣點了點頭，示意他直說，高明遠這才回答道：「嗯，在啊，就在我旁邊，楊先生有什麼事嗎？」

「嘿嘿，我有個道上的朋友告訴我，說是麗城娛樂公司那邊請了幾十個打手想要對你們不利，你跟周老弟是我朋友啊，我想這件事應該告訴你們。」

高明遠一怔，沒想到楊天成會知道這件事，儘管現在這件事已經過去了，但楊天成的好意倒是表露無遺，便道：

「這件事啊……謝謝楊先生的提醒，那些人已經來了，不過早被周老弟打得落花流水的，一個個都給打傻了……」

楊天成也似乎呆了呆，好似沒料到這些人會早到，隨即又關心地道：「那沒事吧？要不要幫忙？我這邊倒是有人手。」

高明遠頓時有些感動，心想：這楊先生雖然手段毒辣，但還當真關心他們。

只有周宣淡淡一笑。這個楊天成當真是有心機，既然知道賭場方面派了人手過來，真想要幫忙的話，怎麼不派人跟著過來？第二點，楊天成打電話給高明遠，顯然是到酒店查過了，自己一早是和高明遠一起走的，知道他跟高明遠在一起，所以才直接打到高明遠這兒來了。

「呵呵，多謝楊先生，周老弟功夫厲害著呢，一點事都沒有，有事的反是那幫打手，一個個都狼狽得很。」

一說起那幫人，高明遠就興奮起來，恨不得再上前揍他們一頓，解解氣。

「那就好，那就好，高經理，那個……小周老弟沒……沒什麼事吧？」

那邊，楊天成忽然有些吞吞吐吐地問了這麼一句，高明遠笑呵呵地道：「當然沒事了，好得很呢。」

周宣想起楊天成昨天幹的事，本來不想再跟他有什麼瓜葛了，這個人既然與毒品上家沒有什麼關係，那就用不著跟他糾纏，而且楊天成心機太深，他不喜歡這個人。

但忽然又想到，當時楊天成吩咐他手下拿針管毒品來的時候，自己探測到楊天成的密室裏面，有成袋成袋的毒品，如果楊天成是毒販頭子的話，那與他聯繫的毒販上家，多半就不是頭頭，只是個下家。而楊天成那兒，才是個大窩點，那麼多毒品，可不是一個小毒販能擁有的，說不定他就是自己要找的毒販上家的上家呢？

周宣心中一凜，當即對高明遠說道：「老高，我有些頭暈，心裏好悶，很不對勁，頭也暈暈的，找個地方休息一下吧。」

這話是故意當著高明遠拿著的手機說的，楊天成自然是聽得清清楚楚，高明遠還沒有說話，楊天成便急急地說道：

「高經理，你們在路上吧，周老弟不舒服嗎？趕緊把他帶到我這兒來吧，你也一起到我家來玩玩，有特別節目。我這兒剛好還有一個私人醫生，可以順便幫周老弟檢查一下身體，機會難得啊。」

高明遠側頭盯著周宣，沒說話，用表情詢問著周宣的意思，周宣故意用含糊的聲音說道：「好好，去吧，好不舒服，借用楊先生的醫生看看吧，胸口裏發悶。」

周宣在高明遠面前沒有說破，裝得像真的一般。高明遠那兒千萬不能露出馬腳，他很有可能會被楊天成看出破綻來。

高明遠頓時有些著急，趕緊把車開起來，一邊開車一邊瞧了瞧周宣，嘴裏惱道：

「剛剛還好好的，怎麼忽然就不舒服了？老弟，是不是不舒服得厲害？要是厲害我們就直接去醫院吧？」

「不用不用，沒那麼嚴重，到楊先生那兒再說吧，讓他的醫生檢查檢查就可以了，應該是沒什麼大問題。」

周宣又稍稍表現得輕鬆了些，讓高明遠沒那麼緊張。

高明遠並沒有到過楊天成的別墅，楊天成告訴了高明遠詳細地址，他只一說名字，高明遠便知道在哪裡了。

他可是這兒的本地人，全市的每一個地方他都清楚。楊天成說的地址是一處新開發才幾年的高檔別墅區，每一棟別墅的價錢幾乎都高達數千萬，甚至上億。在高明遠的記憶中，這一帶在數年前，還是一大片空地，現在卻開發成了最高檔的別墅區。

一路過去，這別墅區的風景設施確實很好，讓高明遠都不禁感嘆，真是一分錢一分貨啊。

周宣舒緩了眉頭，靠在椅背上閉眼休息。高明遠看周宣並不難受的樣子，也不去打擾他，只是小心地開著車。

路況很好，車速又不快，高明遠開得極爲平穩。

把車開進楊天成別墅的私家花園中時，迎面便看到一個大大的游泳池，游泳池裏有十多個女子在裏面游泳，好像一群美人魚一般，白白嫩嫩的身子分外誘人。

高明遠頓時眉開眼笑起來，趕緊把車開到一邊的空地上停下來，那一排還停了不少車，不過都是些豪華名車，相比起來，高明遠這輛大眾車就像破爛的自行車一樣。

楊天成的保鏢趕緊過來迎接。高明遠笑得嘴都合不攏了，回頭叫著周宣，只是一看到周宣的臉灰灰白白的，極是不正常，不禁吃了一驚。

「周老弟，你沒事吧？怎麼像這個樣子了？」雖然好色，但高明遠還是惦記周宣的身體，當即又說道，「算了，我們也不玩了，老弟，我們去醫院，你這個樣子不到醫院是不行

的。」

高明遠當然不知道周宣這是故意裝出來的，只是他還沒有對高明遠說什麼，楊天成的一個保鏢就說了：

「高經理，放心吧，我們楊先生的私人醫生可是國際上很有名氣的醫學專家，一般的病痛在他這兒都不成問題。楊先生交代了，醫生要單獨給周先生診斷治療，請高經理在前面等待玩樂一下吧，很多美女呢，高經理不妨跟她們游游泳什麼的……」

高明遠大喜，當即一口答應下來，又對周宣道：「老弟，沒什麼大問題的話，檢查一下就出來玩玩吧，這妞……」

這些游泳的女人個個如花似玉，妖豔動人，高明遠本想說這些妞夠勁，但瞧著周宣病快快的表情，還是把這話吞進肚了。

周宣擺擺手，示意他自己去，不用管他，然後隨著保鏢到別墅裏面。

大廳裏只有兩個人，一個楊天成，一個不認識的外國男子，一看到周宣進去，楊天成當即熱情起身迎接周宣，又拉著他坐到沙發上，帶周宣進廳的保鏢隨即退出廳去，把大門也關上了。

周宣這時把氣逼了一下，讓臉色更加蒼白，顯得很難受的樣子。

楊天成知道這是毒癮發作了，本來預計昨天晚上就會發作，今天至少發作兩次，因爲是第一次注射毒品，所以間隔期會稍長一點，但劑量下得重，時間也不會長多少，周宣這個樣子，至少是發作了兩次以上。

楊天成心裏歡喜，表面上卻顯出關心的樣子，問道：「老弟，你這個樣子有多久了？之前有發生過這種狀況嗎？」

周宣喘了口氣，然後才回答道：「早上六點鐘有過一次這種感覺，噁心乾嘔，很不舒服，以前我從來沒有發生過這種情況，吃了點藥，但不管用，早飯也不想吃，之後倒是慢慢好了些，但現在又發作了，覺得比早上那次更難受。」

這就對了。毒癮發作，自然是一次比一次重，一次比一次難受。

楊天成笑笑道：「別擔心，沒什麼大問題，我這個私人醫生是到國內來旅遊的，剛好碰到你不舒服，就順便讓他幫老弟檢查一下。」

楊天成對那外國人說了幾句話，周宣聽不懂，馬上把右手腕戴著的語言交流器按了一下，再選定了那個外國人作爲交流對象，那外國人說的話，當即便以周宣明白的形式進入大腦中。

「楊先生，您要我扮醫生，我可是不懂醫術的，出了紕漏可不能怪我啊。」

「沒問題，別擔心，他只是毒癮發作。毒癮發作的人，哪裡有功夫來理你是真醫生還是假醫生？給我把毒品打到他血管裏就好了，放心吧，他看不出來的。」

周宣心裏嘿嘿一笑，看來楊天成果然是在扮戲了，找了個外國佬假扮醫生！不過，要真是毒癮發作的人，還真是不會注意他是不是醫生，只是，不懂醫術的假醫生要是給人打針的話，病人受痛受折磨是肯定的。

那假醫生裝模作樣地先看了看周宣的眼睛，又讓他把舌頭吐出來看了看，然後說道：

「要打一針，打一針就好了。」

楊天成翻譯道：「周老弟，醫生說是你感冒著涼了，打一針就好了，見效比較快。」

周宣點點頭，然後伸出手，靠在沙發上閉上眼等候。

楊天成對那洋鬼子遞了個眼色，那洋鬼子趕緊到內室去。那房間正是上一次周宣探測到的地方，裏面有夾層，夾層裏有一個隱秘的超級大保險櫃，這保險櫃設置得極爲巧妙，如果不是按了機關，這個保險櫃看來就是一堵牆而已，外面根本就看不出來。

這個保險櫃裏，藏著將近數百公斤的超純毒品，數量比昨天更多，周宣估計是來了新貨，這麼大的量，楊天成肯定不是一個小毒販。

房間裏的保鏢仍是昨天那個，應該是楊天成從國外帶回來的心腹手下，他跟那個洋鬼子說著外國話，周宣聽得明白，那洋鬼子是楊天成集團中的人，跟那個保鏢很熟，似乎在國外一起做過事。

「劑量打重一點。老闆說了，這個周宣很厲害，劑量輕了治不住他。昨晚給他打的那一針，劑量已經超過普通人的兩倍了，要是普通人打了那個劑量，只怕當場就一命嗚呼了，哪還會等到今天？我可是親眼看見的，在賭場裏，徒手把一頭非洲雄獅一拳活生生的劈死了，獅子腦袋給打裂成兩半，還有今天的事，賭場那邊請了二十一個打手過去，我們的人離了一里左右的距離觀察著，那個人竟把打手全部點了穴，我們的人甚至都沒看到如何動手的，可能是距離隔得太遠，相機捕捉不到吧，但可以說明，這個人是非常厲害的。」

那洋鬼子還真是吃了一驚，然後從一袋毒品裏倒了一些到玻璃杯裏，用水兌了，濃度很高，然後才吸進針管裏。

洋鬼子把藥劑吸好，然後拿著針管出來，周宣躺在沙發上仍然沒有睜眼，楊天成示意他直接過去打針。

洋鬼子走近周宣，先把周宣伸出來的右手腕拍了拍，找了一下血管，說了一聲：「別動！」然後，把針尖對準手腕的血管處，慢慢扎了進去。

周宣感覺到一陣疼痛，趁著洋鬼子把毒品慢慢往他血管裏推的時候，趕緊偷偷用異能轉化吞噬了，自然也是不可能有人看得出來的。

楊天成堅信周宣肯定有了毒癮，也相信周宣絕對與警方是沒有關係的，如果是警察，有受過訓練，不可能對毒品一無所知，也不可能會讓他們這麼輕易就給他注射毒品。

現在，周宣給楊天成的印象，就是一個身手超強、辨識力也超強的生意人，能這麼順利

讓周宣沾上毒品，幾乎讓楊天成的計畫成功了一大半，以後錢財就會滾滾而來了。

楊天成擺擺手，把洋鬼子趕出了大廳，只留下他和周宣單獨相處。周宣也故意裝作很享受的樣子，飄飄欲仙的表情，讓楊天成信以爲真，絲毫沒有懷疑。

大概二十分鐘左右，周宣才睜開眼來，對楊天成笑笑道：

「楊先生，我現在覺得好多了，頭腦也清醒了，也沒有暈眩的感覺了。」

楊天成暗暗吃驚，這樣的劑量，至少能讓一個壯年男子維持兩個小時的中毒狀態，而周宣只不過二十分鐘便即恢復了常態，看來周宣的身體強健到了不可思議的地步。

「呵呵，沒事就好，沒事就好。」楊天成笑笑道，「到外面看看吧，高經理玩得正高興，這些美女可是花樣繁多啊。」

楊天成說這個「花樣繁多」時，故意做了個特別的表情，周宣知道他的含義，也沒說什麼，只是嘿嘿嘿陪著笑了幾下。

楊天成對周宣的看法是，隱藏得很深，喜好女色是肯定的，只是一般的貨色入不了他的眼，所以這次特地花了高價挑了一些姿色過人的美女回來，還下了重賞，這些女子出場費一律是十萬元，誰最終能把周宣搞定，還可單獨得到獎勵二十萬元。

也就是說，只要哪個女人可以把周宣整治得服服貼貼的，她一個人就能拿三十萬的現金。

重賞之下，必有勇女啊。那十個女人早就準備好了，一看到周宣和高明遠兩個人時就在猜測，這兩個人看樣子應該是不難對付的，而周宣一副病怏怏的樣子，更是不相信他能有多難對付。

再說，物以類聚，有什麼樣的人，就有什麼樣的朋友，高明遠一見到她們，口水都流了幾尺長，從他的朋友來看，就能估計到周宣也不是個什麼好貨色了。搞定這樣的人，還能有多難？

楊天成陪著周宣從大廳裏緩緩出來，門外的游泳池岸邊，有一個大太陽傘，楊天成請周宣過去坐在太陽傘下，又叫手下把冰鎮紅酒拿過來。

這一次倒的紅酒裏面，倒是沒有興奮劑和毒品了，因爲楊天成已經相信周宣中了很深的毒，不可能再擺脫毒品的糾纏了，所以不會再做這種手腳。

以後他會找個機會挑明了說，告訴周宣，他已經被施打了毒品，木已成舟，生米已經煮成了熟飯。再說了，只要嘗到毒品的味道的人，也絕無可能再擺脫得了毒品的誘惑力的。

兩個人坐在太陽傘下，看著游泳池裏十條美人魚和醜態畢露的高明遠嬉戲。這些女人確實很漂亮，高明遠甚至已經認出了有兩個經常在電視裏出現，常參加電視節目的美女，所以尤其興奮。

高明遠對情色場所並不陌生，而且去的次數很多，自己都記不清了，他賺的錢，起碼有一大半是撒在女人身上。但就因爲他去的次數多，花費大，高明遠便得考慮去的地點。他一般會去的地方，消費不會太高，大概是中等的花費，像楊天成這裏這種級別的女人，他是消費不起的，這些女人，一晚上至少得花費上萬元，以他一個月四五萬的收入，可無法承受。

現在，楊天成肯定是看在周宣的面子上，所以把他一起叫了來。高明遠看得出來，楊天成是想拉攏周宣，對他破天荒的好，也是因爲周宣，所以現在，楊天成這兒的美女他可以盡情享用，這些女人也任由他調戲，毫不拒絕。

楊天成搖晃著高腳酒杯，周宣看著他把像血一般紅的酒倒進嘴裏，卻又不吞下，而是含在嘴裏慢慢品嘗著味道。

「吸血鬼！」周宣腦子裏當即迸出了這個字眼。楊天成就是這種人，只要利益，也只爲利益，爲了利益，是不惜一切手段的。

在國外黑社會中生存長大的人，從心底裏的念頭跟正常人是完全不同的。對他來說，親情友情仁義信義，這些東西根本就不存在，在他眼裏，這個世界只有用金錢權力說話，所以，只有狠毒殘忍才能生存。

「周老弟，要不要下水，來個鴛鴦戲水？」楊天成嘿嘿笑著問道。

周宣無所謂地擺了一下手，隨即又掏出手機來，笑道：「楊先生，我打個電話。」

「請便。」楊天成攤手示意。

周宣更不多想，又調出那個毒販上家的手機號碼撥了起來，讓他興奮的是，這一次，號碼竟然通了。

周宣隨即運起異能，探測了一下楊天成的別墅。

在別墅最後面的一間房間裏，周宣意外的探測到了手機鈴聲，這房間中有兩個男子，一個是他見到過的楊天成的保鏢，另一個男子他沒見過，大約三十來歲。

手機響了，卻也不表示就是周宣撥的電話，但只要在周宣異能控制的範圍中，那就難不倒他，異能探測過去，那個陌生男子把手機拿出來一看，螢幕上顯示的，正是自己的手機號碼。

周宣這一喜，可是非同小可，當真是踏破鐵鞋無覓處，得來全不費工夫啊。

傅遠山並不知道，他要找的毒品上家，其實只是楊天成的一個下家。楊天成在南方投資的產業十分巨大，其實都只是爲打開他的毒品網路而鋪設的關係網。

那個毒販只是他的一個中間商而已，因爲以前認識，又打過交道，所以才沒有像別的買家那麼謹慎小心。

探測到自己要找的人就在楊天成的別墅中後，周宣無比的興奮，精神也爲之一振，但表面上還是盡力抑制，不露於形色。

電話那邊，那個人猶豫了一下，然後趕緊把手機關了。不過，周宣已經發覺了他，並把這個人的相貌努力記在了心中，再探測一下他身上的物品證件，他的錢夾中放了身分證，身分證顯示他是本地人，周宣趕緊用心記下來。

這時候，他心裏大大鬆了口氣，對楊天成的興趣也濃了起來。

一開始，他一直沒有與毒販上家取得連繫，有些沮喪，但後來發現楊天成的私藏毒品如此之多，僅僅這一條就夠得上立功的條件了。不過，周宣可不想去管警察的事，他只對傅遠山一個人負責而已，其他的事他懶得理，他不是警察，也不想幹抓賊的事。

而傅遠山顯然也不會伸手來管南方的事，只要楊天成與京城那邊的案子沒有關聯，他就不會插手，但現在看來，楊天成是脫不了身的，因爲他極有可能就是一個大毒梟頭子。

周宣一邊觀察著楊天成，一邊喝著紅酒，怡然自得，渾沒有剛才毒品發作的難受樣子。楊天成心裏暗喜，他還以爲周宣是剛剛打完毒品後的興奮勁上來了，只要周宣毒品上癮，他就不用擔心周宣不受他控制了。

而且他很有把握。僅僅毒品有威力不用說，對周宣，他也並不想壓制他幹些他不願幹的事，只想拉著他做賺大錢的事。只要自己大方一些，儘量把利益分配給他一點，又有誰會不喜歡錢呢？誰會拒絕能拿到手的好處呢？

何況，這還是一筆普通人連想都不敢想的天文數字。

楊天成在國外幹了那麼多年的黑社會頭目，做了無數的違法生意，最喜歡的便是豪賭，但精明歸精明，賭技歸賭技，多少年下來，總是輸多贏少。

在場面上，他面對的都是超級富豪，要是有穩賺不賠的贏錢手法，那錢就跟印鈔機印出來的一樣，拿都拿不完，只要你有本事得到。而周宣就有這個本事。

楊天成看人的眼光極其毒辣，從周宣在高明遠那兒賭石時，他就有些意外，但那時並沒有特別奇怪，而後在賭場裏跟著周宣下了兩注後，他徹底認定了周宣絕不是靠運氣，而是有著無比高超的賭技。

至於周宣是憑藉著什麼贏的，他也搞不清楚。但看到周宣擁有超強的武術時，他認爲這可能與他的功夫有關。

在中國的古術中，的確有一些秘不外傳的功夫，比如說千里眼、順風耳等等，這些都是可以讓賭術得到極大勝算的功夫，周宣或許就是因爲擁有這些功夫而賭贏的。

楊天成的想像力很豐富，也確實有點靠譜，只不過他無論如何都沒有往特異功能或者超能力上面想過，這種事情，他還是不相信的，覺得是電影裏虛構的事而已。

房間裏那個人一關機，周宣當即也掛了手機，把手機漫不經心地放在臺子上，然後又端起酒杯喝了一口。

楊天成瞄了一下周宣的手機，隨即把眼光轉移到別處，看著池子裏的高明遠與十個美女嬉戲，呵呵笑道：「老高看來心態還很年輕啊，小周老弟，要不要下水游一下？」

周宣欣然應允：「好啊，我也去游一下吧，看到楊先生這兒的美女們興致這麼高，不陪陪她們也說不過去。」

「呵呵呵，周老弟陪她們，那是她們的幸運。」楊天成笑容滿面，手一招，讓手下給周宣送上一條泳褲過來。

看來，周宣在毒品的刺激之下，還是忍不住色心大發了，原來的忍耐，都只不過是扮戲而已。楊天成一邊微笑，一邊得意地想著，估計計畫又依著他的想像進行了。

其實周宣是故意要下水的，他並不是想跟那些女人親近，而是想要楊天成查看他的手機。周宣撥了那個毒販的手機號碼後，故意把手機放到臺子上，只要楊天成偷看他撥打的號碼，就會發現他是在給那個毒販打電話。

要是楊天成發現周宣其實是來跟毒販聯繫購買毒品時，楊天成又會是什麼表情呢？

保鏢拿了全新的泳褲出來，周宣接了過去，對楊天成道：「失陪一下。」楊天成手一攤，示意他自行過去。

周宣到廳裏後，異能探測著楊天成，他果然迅速拿起了臺子上的手機查看起來，而池子裏的高明遠半分都沒有注意，自顧自與美女們折騰著。

楊天成要查的是周宣剛剛撥打的電話以及電話簿。當他按下已撥的電話記錄時，看到的那個電話號碼，讓他不禁愣了一下。這個號碼，他非常熟。

怔了怔後，他又查了一下周宣手機中的電話簿，絕大部分都是家屬，親人，然後是公司同事的電話，基本上沒看到有什麼官方或者警方的電話號碼出現。

只是還沒查完，那邊的保鏢便遞了個暗號，示意周宣要出來了。楊天成立即把手機恢復原樣，放回了原處，再盯著池子中，一副看著高明遠與美女們戲水的樣子。

周宣笑呵呵走過來，上半身裸著，身材不是很壯實，但胸脯很挺，有肌肉，否則楊天成又會懷疑，周宣那般超強的身手，從外形上還真看不出來。

「楊先生，一起來試試身手？」周宣笑問楊天成，楊天成擺擺手，笑著搖頭道：「不了，我休息一下，這些美女精力太豐富，有些吃不消，還是周老弟自己盡興吧。」

周宣笑容滿面地在池子邊上試了一下水溫，很合適，而高明遠在一眾美女中間探手大叫道：「老弟，快下來幫我，美女們很凶殘啊！」

周宣笑道：「我也救不了你，你還是自求多福吧！」說完「撲通」一聲跳下水，自個兒在一邊潛下水去。

游泳池的深度，左面平均一米五深，右面兩米深，周宣跳下水的地方是右面深水區，整個游泳池的面積很大，超過三百平方，在私家泳池中，算是超大的了。

周宣特別喜歡潛在水中的感覺，尤其是沒有危險的水域中，前幾次在地下暗河中的經歷太過驚險，現在的潛水跟那時相比，簡直是一點都算不了什麼。

楊天成見周宣跳下水後，居然沒有游到那群美女那邊，而是獨自潛下水底，有些出乎意料，難道他還在裝矜持？

第一三九章

空歡喜

這哪裡是周宣想給她們賺錢啊？明明就是搧臉吧！
剩下兩個女孩子，正是那兩個水性最好的。
這時候，這兩個人和其他女孩子臉色都很難看，
本以為每人都能贏一萬塊的，卻是空歡喜了一場。

那十個女子和高明遠看到周宣跳下水，卻沒游到他們那邊，訝異了一下，隨即嘻嘻哈哈地笑著，潛的潛，游的游，都往周宣這邊過來了。

那十個女子早就得到了楊天成的吩咐，只要把周宣搞定，是有重賞的。錢是她們此次來的主要目的，陪著高明遠鬧了這一陣，只不過是試探一下，希望從高明遠身上得到周宣的消息，而高明遠的反應，也讓她們覺得對付周宣難度不大。

但周宣跳下水後，卻沒有要跟她們一起玩水或者表示親近的意思。

高明遠興奮地游過來，想要跟周宣說一些私話，這些女子讓他太興奮了。

十個女子中，有兩個游泳速度很快，游到水深處，便潛下水中。周宣也發現，這兩個女子游泳技術很不錯，潛水的動作和姿勢還頗有些專業的水準。

這兩個女子潛到水中，一左一右圍到周宣身邊，當看到周宣潛在水中的姿勢跟睡覺一般自然，又好像魚兒一般斜斜漂在水中，既不上浮，也不沉到水底下時，不禁有些好奇。

誰都知道，水是有浮力的，人潛到水中時，如果不擺動身體手腳，進行游泳姿勢，是不可能潛在水底的。

當然，除了溺水者。因爲人身體內有空氣，就跟氣球一樣，人的身體就如同一個外殼，外殼裏包著空氣，空氣在水中有浮力。

潛下水的人，通常都是會水者，會閉住呼吸，身體裏的空氣不會排出來，所以潛到水中後，身體依然有浮力，如果不用身體運動來支持潛水的動作，人就會浮上水面。

溺水的人則不同，因爲大量喝水，水入肚後，空氣外洩，就會減少身體在水中的浮力，所以溺水者就會沉到水中。

這兩個女子還真是專業人士，以前曾經在跳水隊待過兩年，雖然算不上一流高手，但絕對是專業人才。

以她們兩個專業的眼光來看，周宣這個水下動作很難，以她們的水準都做不到，一時好奇地在水中盯著他，連原本打算糾纏的心思都忘了。

接下來，其他八名女子和高明遠也都近前來，不過因爲這邊水深得多，最淺處都有兩米，那八個女子游泳技術只是一般水準，游過來時不知道，一停下來才發現水深超過她們的身高，一時間驚叫連連，「撲撲撲」一個勁在水中折騰，甚至還有四五個嗆水了。

周宣和那兩個會潛水的女子趕緊浮上水面，拖了人往左面游。

池子邊上，幾個保鏢和楊天成也都跳下水，直到把那八名女子都拖到了淺水處，這才鬆了手。

那八個女子各自扶著池邊的不銹鋼欄杆又嗆又吐的，很是狼狽，完全沒有了一直保持的美麗儀態。

等歇息了一陣，這些女子才各自爬上岸，然後喘著氣，再也不敢游到深水處了。

楊天成看到這些女子竟然沒辦成事，很是惱怒，眼看好好的一場戲就這麼毀了。不過，還不算完全失敗，還有兩個女人在水中，靠在周宣身邊，自然就是那兩個跳水隊員。

那兩個女子一眼看到楊天成的惱怒之色，當即想起了他的交代，兩個人互視了一眼，趕緊圍到周宣身邊。

「先生，你潛水的技術真好，教教我們好不好？」

「先生，就教教我們吧……」

兩個女子一左一右摟著周宣的胳膊撒嬌，那幾乎是光溜溜的身子緊貼在周宣身上，完全是赤裸的誘惑。

周宣皺了皺眉，然後說道：「我看應該是你們教我才對。這裏沒有比你們更會潛水的人了。不過，我倒有個提議，游泳的技術沒有什麼好說的，咱們不如玩個遊戲，就玩潛水吧，也不需要什麼技術，蹲在水中就行了。」

「好啊，可是既然是遊戲，那有什麼獎品啊？」另一個女子笑嘻嘻地道：「不如這樣吧，如果我們贏了，周先生就陪我們玩，任由我們安排；如果周先生贏了，那我們就任由周先生安排，幹什麼都行，這樣行嗎？」

周宣嘿嘿一笑，這哪是什麼獎品獎勵啊，分明就是完全對他有好處的事，女人們贏了，自己歸她們處置，如果他贏了，女人們歸他處置，說來說去，無論輸贏，其實那些女人都會把自個兒搭上來投懷送抱。

「好啊好啊，這個遊戲好，來來來……」周宣尚未說話，高明遠已經笑得嘴都合不攏，連連答應著，就連岸上的楊天成也笑容滿面，這兩個女人的行動手段很合他心意。

周宣本想贏了這幾個女人然後了事，他跳下水，主要是給楊天成騰出時間，讓他瞭解自己放給他的訊息，從而得知自己是從城裏來的毒品買家，但沒想到這兩個女人很聰明，無論輸贏，都把周宣糾纏上了。

高明遠笑呵呵地擠上前來，躍躍欲試。心想，只要他贏一次，就弄一個美女到房間裏去折騰個夠，心裏早癢癢地止不住了。

楊天成「哈哈」笑了起來，伸手指著那幾個女子道：「你們要贏了周老弟，贏一次，我獎勵一萬塊。」

楊天成話一落，其他在池外邊的女子都「撲通撲通」跳下水。剛剛在深水區嗆了水，但在這邊是沒問題的，楊天成給了如此誘人的條件，她們怎麼能不抓住這個機會呢？

而且，楊天成的話中有話，他說「贏一次」就給一萬塊的獎金，那意思就是，只要她們把周宣纏住，可以跟周宣反覆比試，能贏多少次就給多少錢，這樣的好事，又哪裡去找？

怎麼說，男人們對女人都是憐香惜玉的，在比賽中，只要對周宣做一些肢體語言，想必

是很容易讓周宣心軟的，讓他故意輸多少次都可以，也可以讓楊天成多給她們一些獎金。

高明遠笑呵呵地說道：「我先來，我先來，讓我挑個美女比試比試。」說著，他指著其中一個特別妖媚的女子說道：「你，我要跟你比一比。」

那女子笑吟吟地道：「比就比，你是男人嗎？跟個弱女子還這麼大喊大叫的，能贏一個女人，你就很光彩嗎？」

高明遠「哈哈」一笑，說道：「有些可以光彩，有些就不必光彩了。」

那女子挺著高高的胸脯笑道：「好啊，我準備好了，你準備好了沒？」

周宣和其他女人都在一邊笑容滿面地觀看著。

高明遠和那個妖豔女人都深深呼吸一口氣之後，在同一時間蹲下鑽入水中。

這個不需要任何的技術可言，有的只是能忍一口氣的時間長短，氣越長，就越有勝的可能。周宣探測了一下這個女子和高明遠的肺活量，兩個人都不算好。

還不到一分鐘，高明遠就在晃腦袋了，本以為沒有什麼大問題，心想：不就是憋一口氣嗎？忍一忍就過去了，只是想像跟實際上可就天差地遠了。

高明遠從來沒做過這樣的測試，也沒有受過訓練，才四十秒鐘，就有支持不住的感覺，只是想著那個千嬌百媚的女人時，又心癢不堪，只好強忍著。

好在那個女人比他更差，若不是楊天成許諾的一萬塊獎金支撐著，早就支持不住了，到五十秒的時候，那女人便「嘩」的一聲鑽出水面來，大口大口喘著氣。

就在她竄出水面後兩秒鐘，高明遠也忍不住鑽出水面，像一條狗似地把舌頭伸出來喘息著。

雖然兩人潛水的時間差不多，但就算只多一秒，也有個高低之分。這一局，算是高明遠贏了。

喘了幾口氣後，高明遠哈哈大笑起來，直叫道：「我贏了我贏了，還有沒有誰要跟我比……」說著，又指了指另一個女子，這個也是他喜歡的類型。

不過說實話，這十個女子，他基本上個個都喜歡，因爲每一個都是美女。美女都是動人的，只是要他挑的話，還是能選出一些標準來，比如身材稍胖些，胸脯大一些的，他就更喜歡，他一向對豐滿的女人更愛好一些。

不過這一次，高明遠就挑錯了對象，周宣探測到，這個女人肺活量相當大，大概是平時經常上KTV唱歌的關係，通常來講，唱歌最能顯示肺活量，能唱高音，延續的時間越長，就越厲害。對於潛水憋氣，肯定是要持久得多。

而高明遠卻是半點不知，反而得意洋洋炫耀著，只要再把這個美女拿下，就可以再多玩一輪了，又不用自己掏錢，這個機會得好好把握，楊天成以後怕是不會再給他這樣的機會了。

一個女子做裁判，讓兩人稍微準備了一下，然後在她數一二三後，一起潛下水中。

高明遠這次潛下水之前，還是得意洋洋的表情，要贏一個嬌弱的女子，那還不是手到擒來?只是沒想到的是，他在五十四秒鐘的時候便撐不住，鑽出水面來喘氣，而那個女子卻潛到一分四十五秒，以超過高明遠一倍有餘的時間才鑽出水面來。

她潛的時間越久，高明遠的臉就越紅。高明遠輸得如此慘，臉上訕訕的極是不好意思。

楊天成笑呵呵地吩咐一個手下：「去拿五十萬現金出來，擺在桌子上!女孩子們，哪一個贏了下一局，便獎勵一萬塊現金!」

保鏢立刻搬了一大箱百元大鈔出來，然後整齊地疊在桌子上。

楊天成先拿了一疊放到一邊，說道：「錢小姐贏得第一局，獎勵一萬塊，希望其他的小姐們再接再厲，贏更多的錢!」

當真是金錢和誘惑力無窮，一眾女子都爭先恐後地擠到前面，把水拍得「嘩嘩」直響。只有剛剛被高明遠贏過的那個女子很是惱怒，一開場就輸了，看著別的姐妹贏錢，一贏又是一萬塊，哪裡會不眼紅呢?

高明遠玩了兩局，一贏一輸，已經氣喘吁吁，後繼無力了，看來是平時太過耗費精力在聲色上面，身體是虛的。

周宣沒料到事情朝著他預想的相反方向進行了，抓了抓頭，咬著唇想了一下，然後說道：

「老高，你休息一下，我來跟各位小姐們比試一下。不過，我是男人，不能跟各位小姐一對一的比試，否則就是對小姐們的不公平，我有個提議，不知道各位小姐意下如何？」

那兩個游泳技術很好的女子也有些忌憚周宣，只是不知道周宣要用什麼辦法來進行，當即問道：

「周先生，您準備怎麼比試？」

「我想，」周宣指著她們一干人說道，「你們一共有十個姐妹吧，十個人可以以接力的方式進行，一個一個來，一個潛水後，另一個再接著潛，而我就一個人潛水，在你們十個人接力潛水的時間內，如果我在這個時間中浮出水面，那就算我輸了。如果你們十個人全部潛完水，最後一個人浮出水面時，我還沒浮出來，那就算我贏，怎麼樣？」

周宣這話一說，頓時把楊天成和他的手下們都嚇了一跳。

那十個女子和高明遠就更不用說了，一個個都張大了嘴合不攏來，不過，十個女子呆了一下後，馬上就興奮地大叫起來。

「好啊，就這樣吧，周先生真是有紳士風度，對女士太尊重了！」

十個女子七嘴八舌地說了起來，都是無比興奮，看來周宣是想給她們送錢呢，才故意這樣說的。反正是楊天成的錢，又不用他出，借他的錢來討好她們，看來這個周宣還挺夠意思

的，好好伺候他也是應該的。

楊天成呆了一下，也想到可能是這個原因。那十個女人，就算平均每人能堅持一分鐘吧，加起來也有十分鐘之久了，周宣再能忍耐、再能潛水，又怎麼能潛超過十分鐘之久？而且，這只是估計。像剛剛那個女子就潛了一分半鐘以上，只要十個人當中多幾個這樣的，加起來總數就會多好幾分鐘，十個幾分鐘加起來，還有什麼人能潛這麼久？要是周宣再跟她們多玩幾次，每一次都輸了，那他今天輸的錢可就多了，一次就得十萬塊，輸個五六次，這五十萬就不夠了。

楊天成自然不會在眾人面前反悔，只是一想到要輸掉那麼多錢，還是有些肉痛。本來是想擺個面子，給個十來萬的獎金讓那些女人把周宣拿下的，現在看來，似乎還有點難度。不過，只要能達到他的目的，多花點錢也還是值得的。就怕是掏了錢出去，事情又沒辦成，那就很難受了。為了周宣，這十個女人他已經花了一百多萬的大本錢了。

那些女子當然是異口同聲都贊同周宣的提議。

趁著楊天成不好拒絕時，便趕緊催著周宣準備比試，又因為她們一共有十個人，所以也不需要找別的人當裁判作證，一個潛水，還有九個在水面上呢，由她們自己判定更好。

周宣笑呵呵地也不反對，示意她們安排好順序，看誰先誰後。

高明遠懊悔不已，他才弄到一個女人，還指望著周宣厲害一點，可以多贏幾次，自己分他一兩個呢，這下可好，周宣直接把贏的機會白白扔掉了。

十個女子爲了打響頭炮，首先就安排那個贏了高明遠的女子在第一位。楊天成和一眾手下都站到了池邊觀戰，不過，他們幾乎都認爲周宣是在做戲，是爲了討好那些女子。

楊天成一想到這點時，心裏便放開了些，要是周宣有這種心思，那他賠些錢也無所謂，反正本來就是想討好周宣，這些事都是爲他做的嘛，這樣一來，剛剛那種覺得吃虧了的想法就轉變過來了。

跟周宣潛水過的兩個女子中的一個先站出來主持，「周先生，我們這邊由錢小姐排第一位，請周先生準備吧，要是沒有意見，那我們就開始了哦！」

周宣點點頭回答道：「好，我準備好了，開始吧！」

「一，二，……」那個女子還沒念到第三時，周宣便一頭扎進了水裏。這讓她不禁一怔。而那個準備著的錢小姐也是一怔，隨即嘻嘻一笑，再深深吸了口氣，這才潛下水中。

高明遠忍不住直是搖頭，楊天成等人更加確認了周宣是想給那些美女撒錢，反正錢也不是他的。

不過，楊天成知道周宣並不會在乎這點錢，因爲他知道周宣在高明遠的石廠裏以及賭場裏便贏到了兩三億的現金，並不缺錢，而且，這只是他隨手贏的小錢，本身的財產還更多，

這點錢算什麼？

剩下的九個女子也是各自忍不住，笑得前仰後合的，手腳拍打起一片片水花來。

池邊有一個保鏢拿著表看時間，錢小姐比周宣後潛入至少六秒鐘時間，等到大家靜下來後，楊天成便說道：

「大家不要動，看看他們比試的情況吧。」

時間一秒一秒過去，那保鏢看得仔細，手上的電子錶時間走到一分四十四了，而錢小姐還沒有浮出來，這一次，她發揮的也不錯，直到又過了十一秒，只差五秒鐘就潛到了兩分鐘時，錢小姐終於是忍不住露出水面了，張著嘴大口大口喘氣。

這一下，她真是盡力了，已經超水準發揮了。

但周宣卻是絲毫沒有動靜，而且在錢小姐等女子的接力中，周宣的潛水已經超過了兩分鐘，差不多又撿了六七秒的便宜，第二個女子才又潛下水中去。

高明遠本來是想提醒一下那些女子耗時太多，違反規則，但又一想，反正周宣都是準備輸的，他又何必再扮黑臉呢？輸就輸吧，所以也就閉口不語，由得她們作弊。

第二個女子，正是高明遠贏了的那一個，這一回她想出口氣，掙回面子，所以潛下水中時，已經狠狠吸足了一口氣，然後才潛入水中。這一下，居然讓她憋到了一分鐘，實屬超常發揮，浮上水面時，她又借著吐氣再拖延了幾秒鐘。

當然，她自己並不知道自己到底潛了多久，只是盡力憋著氣。當她浮上水面後，見到其他九個女子都在拍手鼓掌，便知道應該不差。

第三個女子又耽擱了幾秒鐘才慢慢潛入水中後，岸上又靜下來。

她們忽然覺得有些不對勁了，本來她們覺得，無論如何都會贏周宣的，只是看看到底是第二個人還是第三個人能贏他，而這第二個女子浮出水面後，加上中間耽擱的時間，肯定超過了三分鐘，而周宣仍然潛在水中，沒有絲毫反應。

這就讓她們奇怪了。甚至是楊天成等人都奇怪起來，按照常理來看，一個人，就算氣再長，也不可能在水中潛到三分鐘以上的時間，是不是周宣已經在水中暈眩了？

楊天成這樣想，其他人當然也會這樣想，尤其是高明遠，一驚之下，急急想伸手把周宣拉出水面來，此刻，卻見周宣反手從水面上伸出一隻手來，比了一個ＯＫ的姿勢。

高明遠當即住手，周宣的動作表示他沒有問題，仍然能承受，只是這實在太不可思議了。

這時候，高明遠便想到，周宣是練過高深武術的，說不定身上還練有其他秘密的功夫，潛水厲害也不是怪事，聽說有的氣功練到深處，停止呼吸十分鐘也是有的。當然，這樣的事也只是聽過傳聞，沒見過真人真事的。

楊天成見到周宣伸手出水面做的手勢，也是禁不住訝然變色。這個周宣，賭技出色，身

手出眾，現在連潛個水也是這般令他吃驚，實在是一個不可思議的人啊。

在池子中，那些女子也開始吃驚起來，原來以為周宣是讓她們的，現在看來卻不是那麼回事，而且周宣也太讓人吃驚了，他又不是魚，怎麼可能潛到水中那麼久呢？

接下來，九個女子一個接一個的潛下去接力，又從水中鑽出來，一連串就是七個人了，而周宣依然沒有動靜，而那七個女子，大部分都頂住了一分鐘，也就是說，周宣在水裏待了幾乎有八九分鐘了。

這哪裡是周宣想給她們賺錢啊？明明就是扇臉吧！剩下兩個女孩子，正是那兩個水性最好的。這時候，這兩個人和其他女孩子臉色都很難看，本以為每人都能贏一萬塊的，卻是空歡喜了一場。

那個周宣，從潛下水後，就跟一塊石頭扔進水裏一樣，一點反應都沒有，如果不是時不時把手伸出來比個姿勢，還真以為他溺死了呢。

高明遠雖然見到周宣不時比出手勢，但還是覺得不放心，索性一沉身，把身子鑽入水中去看周宣。

周宣人雖然潛在水中，但異能卻持續探測著所有地方，高明遠一潛下水，他便知道了，睜著眼盯著他，在水中比劃了一下，高明遠見到周宣對他笑著，表情很自然，也就放心了，但心中對周宣的驚訝卻是更加濃了。

周宣當真是個神奇又莫測高深的人啊。高明遠一邊驚嘆著，一邊又鑽出水面，他可沒有能力在水中潛太久。

鑽出水面後，高明遠等待著最後的結果。這時候，他對周宣的信心又回來了，也不認爲是周宣想給那些女人放水了。

一想到周宣即將一次把十個女人全都贏遍，高明遠這高興勁可就沒法說了。周宣肯定不會一個人占用那麼多女人吧？而且這幾天看來，好像周宣對女色也不是特別愛好，自己好幾次想帶他去色情場所，他都不置可否地推掉了。

也好，等周宣贏了，再跟他分兩個過來。

高明遠美滋滋想著，這時候忽然心中雄心萬丈，覺得只要跟周宣在一起，就沒有什麼做不到的事了。以前他對楊天成心懷畏懼，一是因爲他的勢力，二是因爲他的財力，但現在看來，這個楊天成還不是要看在周宣的份上，對自己客客氣氣的？

高明遠這一走神間，比賽已經輪到最後一名女子了，這兩個女子水性不佳，前一個潛了二十秒，最後一個潛到了三十一秒就鑽出水面。

其他九個同伴此刻都是沮喪的表情，而周宣仍然在水中沒有動。女孩子們心想，這次算是徹徹底底的輸了，輸得夠徹底，輸得沒話說！

高明遠大喜，嘿嘿笑了一聲，然後一個倒插，鑽進水中把周宣一把拉了起來。

這一次，周宣知道那幾個女子都輸了，也就隨著高明遠的扯動而浮出水面。在眾人的詫異之下，周宣還是稍為裝了個樣子，呼呼喘起粗氣來。

楊天成又是好笑又是吃驚，好笑的是，本來以為周宣是想讓這些女人賺點錢讓他破費的，但結果卻是相反，大大出乎他的意料。吃驚的是，周宣的能力太驚人了，估計這就是所謂的神奇內功吧？

練過氣功的人確實神乎其神的，在他印象中，可真是沒想到現實中能有這麼超常的人，一個人在水中能潛這麼久，那跟魚有什麼區別？

而他身邊那個計時的保鏢在周宣鑽出水的時候按下了計時器，這個時候報告出來，周宣頭潛下水到鑽出來，一共是費時十四分十五秒。

楊天成微笑著，對周宣是越看越喜歡，這樣的人才，不僅僅是賭桌上有用，幹別的事，那也是頂尖人才啊。

想想看，幾十個人外加兩把槍，對周宣也是無可奈何，而且個個都受了傷，那還是周宣放他們一馬，如果要收拾他們，要他們的命，那也是稀鬆平常的事。這樣的人，在關鍵時候，那就是生命的保證啊！

在殘酷的黑社會中生長大的楊天成，知道實力意味著什麼：實力就意味著生存，金錢美色以及其他人的畏懼和尊重。而這個周宣，天生就是一個黑社會金牌級人才！

當然，楊天成也知道，越是能幹的人，也越難駕馭。不過對於周宣，他還是有把握的，因爲他讓周宣犯上了毒癮。一旦染上了這個東西，無論意志力多麼堅強的人，也沒一個能抵得住毒品的侵襲的。

周宣的能力越強，楊天成就越開心，越想把周宣籠絡到手下，此時再看看他身邊那一群保鏢，跟周宣一比起來，簡直就沒得比，花那麼多錢請那麼多人，都不如周宣一個人得力，忍不住從嘴裏冒了句：「真他媽的廢物。」

旁邊的人都不知道楊天成罵什麼，但看臉色卻又不像是發怒，一個個都莫名其妙。

游泳池中，十個女人與高明遠各是一種表情。女人們個個悻悻然，一方面不解周宣怎麼能潛到水中這麼久的時間，一方面又氣，周宣到底是不是個男人？是男人的話，怎麼會不懂憐香惜玉，不懂討好女人呢？

照理說，周宣是個有錢人，怎麼也不會對她們這麼小家子氣吧，再說了，她們就算贏了，那也是贏楊天成的錢啊，周宣小氣個什麼？

但事實上，周宣贏了，她們輸了，輸就是輸了，每人一萬塊的獎金拿不到不說，搞定周宣另外的二十萬額外獎金也是泡湯了。

只有高明遠笑得嘴都合不攏來，眼看著面前這些水中美人魚兒一般的美女們，那胸脯，

那手臂，那嘴唇……無一不是誘惑人到極點。

周宣淡淡一笑，總算是把這十個女人搞定了。

游到池邊，拉著欄杆爬上岸，楊天成的保鏢趕緊送上一條大浴巾給他。周宣把身上的水珠擦了擦，楊天成在一旁拉開涼椅說道：「來來來，坐下坐下。」

周宣慢慢走過去，眼光一掠，看到游泳池前側一座假山，很是漂亮，異能也隨著眼光掠過去，異能一掃間，忽然一怔。

「楊先生，你這座假山挺漂亮的。」周宣看著假山，對楊天成讚了聲。

假山在一個圓形的小池子中間，池子約有二十坪，假山是無數各種各樣的石頭組合成，其中有溶洞石筍，有風化石，有彩石。

「這個啊？……呵呵呵……」周宣忽然提到這個，讓楊天成怔了怔。

第一四〇章

前功盡棄

傅遠山是經驗豐富的老員警，當即囑咐道：
「老弟，我今天馬上帶人飛過來，像這種人，
必定與當地的腐敗官員有聯繫，只要有絲毫的不慎，
就會走漏風聲，萬一打草驚蛇，那就前功盡棄了。」

此刻，楊天成腦子裏正想著怎麼和周宣談合作事宜，想著怎麼找個藉口提出來，還要防備周宣知道自己被下了毒時，會不會發作。

這一切都在考慮之中，而周宣開口說的話卻是跳出了這一切，讓他腦子裏沒反應過來，停頓了一下才想起來。

「這些石頭，去年我可是花了大力氣才弄回來的，有岩石，有風化石，有溶洞裏的石筍，還有從緬甸運回來的岩石。」

楊天成提起這些石頭，興致也起來了，笑呵呵地跟周宣解說著這些石頭的來歷，周宣索性站起身來，到假山邊上仔細觀看。

楊天成也跟著站起身到假山邊，指著一塊塊石頭給周宣解說起來：

「這一塊是在廣西的溶洞中採出來的，花了十萬塊……」

「這一塊是四川運回來的，老岩石，專家化驗說這塊岩石的年齡有兩億年……」

「這一塊是本地的風化石，雖然是本地產的，但錢也花得不少，少說有幾萬……」

周宣聽他介紹了一大堆，但都沒有說到自己關心的那一塊，笑了笑，指著一塊彩色的石頭問道：

「這一塊是從哪裡來的？五顏六色的，真漂亮。」

「這一塊啊？」楊天成笑了笑回答道，「這一塊是從貴州的瀑布下游的河邊沙石中撿回來的，是唯一一塊沒花錢的，只花了幾千塊運費，是我在黃果樹旅遊時帶回來的。」

「楊先生可真花了些心思。」周宣笑了笑，讚了一聲，然後又指著另一塊石頭道：「這一塊呢，這塊石頭表面好像爬了些蟲子一般。」

楊天成笑笑道：「這一塊是從緬甸買回來的，沒花多少錢，聽人說是塊風化石，年代很久，這塊岩石上有很多蟲子在上面，聽我朋友說過，這種樣子很奇特，一般的蟲子小動物死了過後就會腐化，灰飛煙滅，不會留下任何痕跡，而這一塊石頭奇特之處就在於此。我朋友猜測是這些蟲子正在岩石上時，忽然間發生了異變，天崩地裂，火山爆發，熔漿刹那間吞沒了大地，而這塊有蟲子的岩石也包含在其中，然後又經過了無數的年代，歲月侵襲，這才形成了今天的樣子。」

周宣嘿嘿一笑，心裏卻不以為然，楊天成的這個朋友定然是個不學無術的傢伙，自以為是的一通胡說，而楊天成對石類顯然並不熟悉，想也想得到，那火山熔漿是何等的高溫？倘若說是石質之類還有存在一說，一些蟲子小生物，那還不是馬上就化成了氣霧，灰飛煙滅了？

而異能又探測到，這塊體形並不大，直徑約有五十多釐米，表層的蟲子化石延伸到裏面，石頭中間是一塊直徑三十多釐米的翡翠，只是這塊翡翠很奇特，質地非常好，是標準的玻璃地，但翡翠中間卻有無數的蟲子在其中，因為透明度高，所以更能清楚地看到蟲子在其

中栩栩如生的樣子，或立或爬，姿勢百態，活生生的，連蟲子身上的顏色都如同活的一般，周宣的異能甚至還探測到，那些蟲子身上的細小絨毛，這個情形，就如同一塊琥珀一樣，把蟲子完好保存了下來。

周宣賭石賭過無數次了，對翡翠也算是熟悉得很，但從沒見到過這樣的翡翠，通常來講，一塊翡翠的價值高低是在於體形大小，透明度，色澤，水頭，無雜質等等來確定的！

而這塊石頭裏的翡翠，從透明度和水頭以及顏色來講，都是一等一的，如果沒有其中的蟲子摻在裏面，那這種體形，這麼大一塊的翡翠，價值絕對超過了五千萬，這還只是論毛胚價，如果論加工後的成品價格，肯定就過億了。

但問題是，這翡翠中包含了那麼多的蟲子，就相當於翡翠中含有了雜質，含了雜質的翡翠，價值就會降低一半以上，甚至有可能更多，當然，如果含雜質的翡翠只有邊角，或者某部分有雜質的話，還可以把這部分修整切除，剩餘的純質部分還可以高價售出。

但關鍵是，周宣現在看到的這一塊，翡翠中間的蟲子無所不在，直徑三十多釐米的圓形翡翠中，一共有十一條蠶子般模樣的蟲子，如果要把蟲子的部分切除的話，那這塊翡翠就會被切成碎粒，價值同樣也會從天上掉到地下。

這樣的一塊翡翠，當真是奇特，周宣也估計不到包含了蟲子雜質的翡翠到底會有多少價值，不過好奇之下，還是想把這東西弄到手。

「怎麼?老弟，你對賭石有研究，難道對這些觀賞石也愛好?」楊天成見周宣盯著石頭沉思，不禁詫異地問道。

「楊先生，」周宣抬頭望著楊天成笑笑道，「我很喜歡這塊石頭，不知道你可不可以割愛轉讓給我?」

楊天成怔了一下，然後斬釘截鐵地道，「這有什麼問題?一塊石頭嘛，再好看它也只是一塊石頭，周老弟只要開口，別說這麼塊石頭，就是這棟房子，我也可以爽快地給你!」

周宣眼睛一瞇，楊天成這話說得很真誠，他聽得出來，楊天成絕對說的是真話，不過當楊天成這種人對他可以這麼大方時，那就表示，他想從自己身上獲得比他拿出來的更多十倍百倍的利潤，這個人，絕對不是什麼好人。

周宣偏著頭想了想，然後說道：

「楊先生，我看這樣吧，我幫你做一件事，當做是報答你。我這個人不喜歡欠人情啊。」

楊天成嘿嘿一笑，招手把兩名保鏢叫過來：

「你們兩個，馬上把這塊石頭弄出來!還有，不得損壞表層，弄壞了的話，你們就滾蛋吧!弄出來就搬到車上放好，等一會兒給送到周先生的住處!」

楊天成既不說要周宣報答他的事，也不說這石頭要等值相換，而是直接讓人把石頭從假

山上拆下來。

周宣這樣說，是想試探一下楊天成，估計楊天成是不知道這石頭裏有翡翠的，再說，這樣的翡翠，誰也不知道價値幾何，自己跟他說了，想幫他做一件事來換，要是楊天成讓他幫忙帶毒品回城裏的話，那就更好了，人贓俱獲！而且，要是能把他們這一條線的人全部挖出來，那就算這次是歪打正著，把傅遠山的事有把握辦成了。

楊天成沉吟了一下。

這塊石頭，說實話，他也沒花多少錢，買回來到放在假山上，不過只花了一萬來塊，若說是個科學家的話，還有可能把這塊化石拿回去研究，但周宣要回去，就只有把它當成風景來設置觀賞了，沒別的作用，這石頭，價値再高，也高不過一萬錢，周宣那麼難對付的人，竟然爲了這麼一塊沒什麼價値的石頭要跟他交換，雖然說是只做一件事，楊天成也可以讓他爲自己賺很大一筆錢的。

兩個保鏢花了很大力氣才把那石頭弄鬆動，搬下來後，石頭並不是太重，不超過一百斤，兩個人不吃力地就把它搬到別墅前停著的一輛車的後車箱中。

看著那一群悻悻然的女孩子，周宣想了想，然後吩咐高明遠：

「老高，拿五十萬給這些小姐，算是我的一點賠罪之禮。」

高明遠笑呵呵地應了聲，錢是周宣打賞的，他不用花費，卻又可以與這些美女拉交情，何樂而不爲？

不過，高明遠還沒動，楊天成就揮揮手道：

「不用了，周老弟，你可是在我這兒，是我的客人，你想怎麼玩，都是應該由我招待，她們的事，你就不用操心了，放心吧，我另外給她們獎賞，再拿一百萬出來，平分給每個人。」

十個女子當即喜笑顏開，她們最願意聽到的就是這樣的消息。楊天成剛剛說的是另外再獎賞一百萬，那就是說，除了先前的一百萬，平分的話，她們每個人都能分到二十萬，這可是一大筆錢，按照往常，這筆錢也得花極大功夫才能賺到，哪能這麼輕鬆入袋？

本來認爲周宣是個不懂情調的人，以爲他是不想讓她們賺這筆錢，但現在周宣又大方地要給她們五十萬。比起她們贏了後得到十萬的獎賞，數目還要多五倍！看來周宣應該不是個小氣的男人。

能隨手撒出五十萬打賞而絲毫不感覺吃力的人，絕不是只有幾百或千來萬身家的人。假如你只有千百萬的身家，你會隨意打賞五十萬給一群無關緊要的人嗎？答案是否定的。

從這一點來看，周宣應該是個身家很高的人，最有可能就是一個富二代。

再看看楊天成，楊天成是個十分強勢又極有財勢的人，她們都知道，既然楊天成都那麼

想討好周宣，那周宣一定是個很不普通的人。從楊天成一口回絕了周宣要打賞給她們的五十萬，轉而馬上又撒了一百萬出來，想想就能明白了。

楊天成呵呵笑了笑，又說道：

「你們還是謝謝周先生吧，算得上是周先生給你們的打賞。我早說過了，周先生年少多金，可不是你們想像中的富二代啊，他的身家多到你們無法想像，而且是自己賺來的。」

楊天成一句話，讓周宣馬上知道要出問題了。

果然，話聲一落，十個女子又一窩蜂擁上來圍住他，嘰嘰喳喳地問個不停。周宣招架不住，趕緊把高明遠拉到身邊。這個傢伙純粹就是個色狼，毫不留情，伸手就摟著了兩個女子戲弄，也算是給周宣解除了壓力。

楊天成呵呵笑道：「周老弟，你們到廳裏先坐坐吧，我失陪一下。」

周宣點點頭，楊天成吩咐手下招待他們，然後進了客廳。

周宣的異能探測著，發現楊天成是到後面那間毒品收藏室去了。那個毒販還在那裏等待著，這讓周宣一時又興奮起來，隨著眾女子和高明遠一起到了大廳裏，在沙發上坐下來後，用心探測起楊天成和那個毒販的交談來。

楊天成偷看到周宣手機上的號碼後，發現周宣撥的號碼竟然是他手下的毒販，心裏震驚不已，這時把周宣打發到客廳裏後，就趕緊到後廳房間裏去見那個毒販手下。

「楊先生，您來了？」那個毒販見到楊天成進來後，很是恭敬地站起身來問候。

楊天成擺擺手，示意他坐下，然後問道：

「從城裏來的買家，你有沒有聯繫過？」

「沒有，他來的時候我關機了，第二天，他又打了一次，我沒有接，之後又關機，今天他又打了一次，我還在考驗他。不過，據我的瞭解，這個人是一個富豪。但讓我懷疑的是，他既然是真正的富豪，以他的身家來參與販毒，很不值得，所以我有些懷疑，也一直沒跟他聯繫通話。」

那個人趕緊回答著楊天成。

楊天成沉吟了一下，然後說道：

「這個人……我倒是認識，應該沒有問題，而且他也有毒癮，我想問題不大。不過，你小心的做法是好的，這件事你就不用管了，交給我就行，做其他線的交易吧。」

那人點了點頭，然後起身告辭走出去。

楊天成獨自沉思起來。

周宣此時就已經確定了，這個楊天成確實是這個毒販的頂頭上司，是個大毒販，而這間收藏室裏，不僅有大量的毒品，還有槍枝彈藥。周宣就在猶豫著，要不要就趁現在把他們拿

下，然後交給警方？

基本上可以確定了，主犯和傅遠山要查的毒販上家也在，其他的支線可以從楊天成身上找突破口，周宣也有絕對把握把楊天成一夥穩穩當當拿下，只是還沒有通知傅遠山，現在這個程度，通知他也算是時機成熟了。

周宣最後決定還是先向傅遠山彙報後再做動作。警方內部的事不好胡亂插手，如果就此動手，肯定驚動本地警方，也許就這件事情上，會跟城裏警方分搶功勞。一切都還是等傅遠山的安排吧，只有讓他獲得最大利益，才符合自己的初衷。

而且這次行動也不會很簡單，因爲讓本地警方知道的話會很麻煩。楊天成在本地，甚至在省裏都是知名的企業家，與省市的各級大官要員關係密切，如果冒然報警行動，只怕會走漏風聲，不僅達不到效果，說不定還會被楊天成反咬一口。一旦打草驚蛇，被他消滅證據後，再想抓他就很難了。

楊天成尋思了一陣，然後才出來，回到客廳後，臉上又堆起了笑容，「周老弟，我看你也閒著沒事，有沒有想幹的事？找點事做比較好……」

周宣當然明白他說的事不是幹活，而是賺錢的事，笑笑道：

「好啊，我這個人，不喜歡複雜的事，就喜歡直來直去，簡單就好，想說就說，想做就做。我來這邊一是採購毛料原石，二是辦點小私事，毛料已經裝車運回城裏了，也就沒什麼大事了，平時就喜歡娛樂娛樂，跟朋友參加一些賭局什麼的……」

楊天成一聽到周宣說喜歡賭局，當即喜道：

「周老弟既然愛好這一口，我倒是可以幫一把，這樣吧，我明天來安排一場賭局，都是富豪級的大客，只要你能贏，就能拿走大筆的現金……」

楊天成說到這裏，沉吟了一下，然後又說道：

「要不這樣吧，我出錢，周老弟來賭，贏的錢，我們兩人二一添作五，平分！周老弟覺得怎麼樣？」

周宣裝作欣喜的樣子說道：「那好，我平時喜歡的就是賭局，特別是大賭局，刺激。」

楊天成沒想到想了半天的難事，現在沒費什麼勁就輕易達成了，所花費的只不過是一塊沒什麼大作用的觀賞石頭，如何不高興，心想：今天趕緊通知幾個以前聚過賭的大富豪，明天來進行這個大賭局，只要第一次贏得大把的錢，跟周宣平分之後，就不用擔心以後的合作了。

事情輕易就辦到了，但楊天成反而有些擔心起來，心想：倒是不該那麼魯莽地給周宣打毒品針，如果周宣知道以後，說不定會懷恨在心，搞不好就會弄巧成拙了。但事情已經做下了，也沒有後悔的餘地。

周宣滿臉都是高興的神情，站起身道：「楊大哥，那我就告辭了，你準備好之後，就通知我過來。」

一聲「楊大哥」，讓楊天成覺得心裏火熱，周宣看來對他的印象已經很好了，讓楊天成都有些後悔暗中下毒的事了。

周宣要走，高明遠盯著那十個妖媚動人的女子有些不捨，眼看著到手的妞兒又給攪混了，不走的話，說不定在楊天成的別墅就成就了好事，但現在一走，眼前的美景就白白浪費了。

楊天成最懂的就是觀察人的心理活動，高明遠那明顯的表情，他哪裡會看不出來，又知道周宣跟這個高明遠要好，就呵呵笑道：

「錢小姐，你們如果願意跟高經理和周先生去的話，現在正好一起去，所有的開銷都算我的！」

「所有的開銷」，自然是指她們去陪周宣和高明遠另外給的現金，那些女子們當然聽得出來，笑吟吟地都圍到了周宣身邊。

周宣看著失望的高明遠笑道：「你們跟高經理去吧！老高，玩得開心點！我還有別的事，今天就不陪你們盡興了，下次一起！」

周宣當即出口拒絕了那些女子的跟隨，順手又推到了高明遠身上。高明遠大喜，一手摟了一個，笑呵呵地就當場調戲了起來。

周宣又對楊天成說道：「楊大哥，那就麻煩你了，派個司機送我到酒店吧，高經理陪幾位美女回去，我就不跟著他了。」

楊天成當即安排了兩個保鏢送周宣回去，因爲後車箱中還有那塊石頭，肯定不能讓周宣自己動手搬，便又讓保鏢找了一個行李箱出來，把石頭裝在了行李箱中，這樣就好處理多了。

高明遠十分感激周宣的好意，儘管他自己不要，卻沒破壞他的好事，於是摟著兩個女人上了車，先開車離去。

周宣笑著搖搖頭，然後坐上楊天成保鏢開過來的賓士車，在窗口對楊天成擺擺手。楊天成十分高興，一邊揮手送周宣離開，一邊還順手在身邊女人的屁股上扭了幾把，發洩一下爽快的心情。

兩輛車一前一後的開上公路，在進入市區後，才各自開往一個方向。高明遠往他的住處去，周宣往酒店開。

兩個保鏢把車開到酒店門口後，又幫周宣把箱子提到酒店的房間裏，然後才恭敬地告辭離開。

周宣坐到沙發上歇息了一陣，然後運起異能探測了一下，確定沒有人跟蹤監視他之後，這才拿起手機給傅遠山撥通了電話。

電話一通，手機裏便傳來傅遠山略顯激動的聲音：

「老弟，有進展了吧？」

事先，他們兩個人是有約定的，為了保證周宣不被發現，在沒有查找到確切的證據就不跟他通話，而現在周宣既然給他撥通了電話，那顯然是有了不一般的證據吧。

周宣笑笑道：

「大哥，說起來真是運氣，我到這裡後，打那個毒販的電話，大部分時候是關機的，偶而有通了的時候，對方卻又不接，所以只有耐心等待。我沒事就去賭石，在石料廠遇到一個豪客，之後，我又讓他在賭場贏了很大一筆錢，那個傢伙便起了心思，想讓我跟他合作，又暗中給我下藥，給我偷偷打毒針。在他別墅的暗室裏，我發現了極大數量的毒品，不過，那時因不確定他究竟是不是我們要查的毒品上家，所以也沒有給你打電話。」

傅遠山聽他說得簡單，卻是吃驚起來，周宣說毒販還給他下藥打針，這些手段是毒販最常幹的事，不禁擔心地問道：

「老弟，你……你……」

周宣嘿嘿笑道：

「大哥你放心，我半點事都沒有，我不會讓他傷害到我的。今天我在他的別墅裏再打那個毒販上家的電話時，發現那個毒販正在他的別墅裏面，這一下，證據確鑿，而且，我已掌握了他在別墅裏藏毒品和槍枝的秘密地點，只是這個人在當地，甚至是省裡，都有很大的勢力關係網……」

傅遠山是經驗豐富的老員警，這些不用周宣說就能明白，當即囑咐道：

「老弟，我今天馬上帶人飛過來，在我到之前，你先不要有任何行動，也不要跟當地的警方聯繫，像這種人，必定與當地的腐敗官員有聯繫，只要有絲毫的不慎，就會走漏風聲，萬一打草驚蛇，被他們消滅轉移了證據，那就前功盡棄了。」

「嗯，好，我知道了，我會等你們過來再商量決定。」

周宣對這種複雜的行動方案沒有興趣，自己只要幫傅遠山把證據拿到手就行了，只要有證據，傅遠山就好辦了。

放下手機後，周宣把這幾天的事好好回憶整理了一下，今天的事確實很出人意料，無意中撥了那通電話，沒想到那毒販竟然湊巧就在楊天成的別墅中，一次把所有的上下線都理清了，不可謂運氣不好。

只是，楊天成的勢力關係非同小可，一定不能走漏消息，否則楊天成把毒品轉到別處，誰知道他會藏在哪裡？沒有證據，就算他知道楊天成是毒販頭子，又有什麼用？

下午五點多的時候，傅遠山一行十一個人乘飛機到了，爲了不引起注意，他們分成三批到酒店裏來。

傅遠山的房間特意開在了周宣的旁邊，幾個便衣下屬檢查了一下沒有可疑的監視人物之後，傅遠山才敲了周宣的房門。

周宣不用開門便探測到在門外的是傅遠山，趕緊起身去開門。

傅遠山一進門後，豎起手指在嘴上做了個噤聲的手勢，幾個下屬陸續進來，關上房門後，其中兩個拿出儀器，在房間裏到處探測著。

周宣明白，他們是在探測有沒有暗藏的竊聽器或監視器，現在這類的東西可不少見，而且這一類的東西，他的異能很難查出來，因爲電器太多，異能雖然能探測到，卻不容易分辨出，就跟在沙子中找出小石子一般難。

兩個下屬在所有的區域都探測了一遍後，向傅遠山點了點頭，示意沒有問題，傅遠山這才擺擺手吩咐道：

「大家都坐過來，現在召開緊急會議。」

等到所有下屬都到沙發邊坐下後，傅遠山又說道：

「大家大部分都是相識的人，就不用我介紹了，小周是我朋友，不是警方的人，但這次的任務是小周獨力完成的，現在，就由小周來說明一下情況，然後再討論行動方案。」

大部分的人周宣都認識，便微笑著打了個招呼，然後把自己從來到這裡後的情形一一說明了一遍。當然，他不會說出自己有異能的事，只說是憑經驗感覺而已。

傅遠山分析了一下，然後說道：

「現在，毒販已經確定了，但我最擔心的是證據的問題，如果被楊天成轉移或銷毀了的話，那就麻煩了。這裏的行動必定需要和當地南方省廳進行合作的，不過，只要合作，難免就會走漏消息，這是我們現在迫切要解決的一個問題，大家有沒有什麼好辦法？」

傅遠山的屬下都是老經驗的刑警，對這件案子的難度自然是清楚的，尤其又是國際大毒梟，那更是相當棘手，肯定是有生命危險的，他們是城裏的警力，在這邊，已經是跨區越界了，無論如何都得跟當地警方聯合。

像這麼大的案子，至少得動用到省公安廳的層級，但他們都知道，楊天成這種大生意人，又怎麼會沒有高層的後臺呢？只要一通知省公安廳，只怕不出十分鐘，楊天成就會得到密報，便有可能暗中出逃，轉移毒品、湮滅證據等等。

毒販手中肯定又是有武器的，這個就不用說了，周宣也提出了這個問題，對方不僅有手槍，還有火力凶猛的ＡＫ步槍。

看到屬下們都沉默著，傅遠山又望向周宣，這個案子，還得周宣再幫幫忙。

周宣沉吟了一下，然後說道：

「這樣吧，楊天成說，明天要準備一場大賭局，到時候會給我電話，等到他的電話打來，我就先過去，到他的別墅裏再查探一下，確定證物毒品沒被轉移，我再打電話通知你們動手，這樣就萬無一失了。」

但傅遠山的一個下屬馬上就搖搖頭道：

「這樣的話，小周就太危險了。你一通知我們，我們就必須跟這邊的警方聯繫，那樣的話，很可能消息便會走漏，小周處在楊天成的威脅之中，生命會有極大危險，我不贊成這個方案。」

傅遠山卻笑了笑，擺擺手道：「我看這個計畫可行，小周，你有什麼意見？」

周宣也笑了笑，點點頭說道：「好，我也贊成這個計畫，明天我們的人手，一半人可以準備回京的航程安排了。」

周宣所說的航程安排，是指抓到楊天成和一眾毒販，以及取得毒品物證後勝利返回城裏的後續動作，但這個行動，又有誰能保證一定能順利完成呢？

這些人中，只有周宣和傅遠山是有信心的，傅遠山唯一希望的就是楊天成不會在今晚把毒品和其他物證轉移，這樣明天的行動才會有結果。

不過，只要他們今天不聯繫省公安廳的人，那消息就不會走漏，楊天成也不可能會得到消息，湮滅物證的可能性其實並不大。

傅遠山也明白，周宣的能力足以保證自己的安全，只不過這其中的原因自然不能說出來。

那些屬下們也有些納悶，傅遠山一向對下屬們的安危關心備至，對有危險的事，在行動安排上，也是想了又想，準備又準備，力求達到萬無一失的程度，畢竟人命關天，而且彼此又有同事、戰友般的感情在內。

但現在他對周宣的任務安排，卻是絲毫不管他的處境是否危險，甚至很輕鬆地就決定了這個行動方案，大夥兒皆帶著疑問，被傅遠山安排各自回房休息，準備明天的行動。

第一四一章

穩操勝券

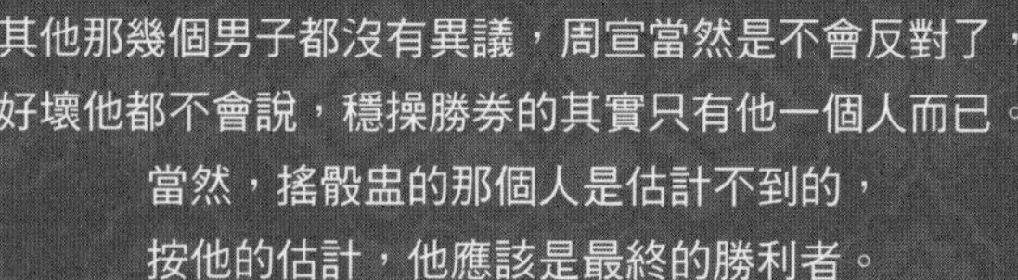

其他那幾個男子都沒有異議，周宣當然是不會反對了，
好壞他都不會說，穩操勝券的其實只有他一個人而已。
當然，搖骰盅的那個人是估計不到的，
按他的估計，他應該是最終的勝利者。

等房中只剩下傅遠山和周宣獨處後，傅遠山才又問道：

「老弟，有把握吧？」

「放心，沒有問題。」周宣點點頭，肯定地回答著：

「楊天成雖然是個大毒梟，但他只是個性格凶殘的黑社會分子，沒有特殊能力，這一點，我倒是放心的。他的人手再多，槍枝再多，再凶殘，對於我來講，也是沒有半點威脅的，幾分鐘內我就能搞定。我現在最擔心的是，怕楊天成今晚把毒品物證轉移到別處，那樣的話，就要多費手腳了。」

傅遠山也放下心來，只要周宣有把握，安全沒問題就好辦。如果真是運氣不好，楊天成轉移了證據，那就得等下一次的機會了。

「老弟，」傅遠山嘆息了一聲，然後拉著周宣的手搖了搖，「這段時間我想了很多，以後，我不能再把老弟拉進我的案子中來了。如果老是依靠你的能力來解決事情，那長期下去，我和我的屬下們只會產生依賴心理，不會破案，也不會做事了。這樣其實不是好事。要是有一天，萬一不能依靠老弟的時候，那我們豈不是只能等死了？」

周宣沒想到傅遠山有這樣的想法，其實很多時候，自己也曾想過這樣的問題，當初就是不想長期依靠魏家和李家的勢力生存，所以才另外開疆拓土，找上傅遠山的，以防一旦他們靠不上時，將自己及家人置於危險之地，所以，什麼事都還是靠自己解決最好。縱然不能達到最佳結果，不能盡善盡美，也比總是依靠別人來得好。

周宣也嘆了口氣，兩人一時都沉默起來。

過了一陣子，傅遠山起身拍拍周宣，安慰道：

「老弟，好好休息吧，明天如果能順利辦完這個案子，回城裏後，我就不再讓老弟參與這種事了。」

周宣苦笑了笑，也不知道說什麼好。

這一晚，周宣又失眠了大半夜，早上十點多才被手機鈴聲吵醒，從床上坐起身來一看，手機上的號碼正是楊天成的，看來楊天成已準備好了賭局，效率倒是很快。

周宣洗臉刷牙後，才給傅遠山打了個電話，說是要出發了，讓他們等候消息。

傅遠山其實早就起床了，與屬下們早早去吃了早餐。因爲要防備被人跟蹤監視，所以他索性不叫周宣，避免與他接觸。

周宣剛到酒店門口，就看到楊天成的保鏢開著賓士車，停在門口的路邊等他，保鏢是昨天送他回來的兩個人之一。

保鏢看到周宣從酒店大堂裏出來後，趕緊下車來把車門打開，請周宣上車。

周宣上車後，忍耐著沒有向這個保鏢探聽情況，一來，有些太機密的事他也不知道，二

來，要是問了什麼不該問的，反而會引起他們的疑心。

那保鏢一路上也很謹慎地開著車，不快也不慢，也沒有跟周宣交談，大約三十分鐘便到了楊天成的別墅。

這一次，游泳池裏沒有了美女們的身影，別墅門外的保鏢們打起精神警衛著，周宣最擔心的是毒品的問題，所以一下車便即運起異能探測著。

秘室的夾層保險櫃中，毒品仍然在那裏，槍枝武器也在。周宣立時鬆了一大口氣，當即把手伸進褲袋中，異能探測著手機，發了一個ＯＫ的簡訊給傅遠山。

傅遠山在酒店一直便監控著周宣跟那保鏢的接觸情況，等他們一走，又安排了兩名屬下遠遠跟蹤著，然後就焦急地等待著周宣的消息。

沒想到周宣剛一到，就給他發了簡訊出來，趕快調出短訊一看，頓時大喜。緊接著，傅遠山便立刻給省公安廳的負責人打電話，把案子一說明，公安廳那邊也不敢怠慢，趕緊電話通知這邊的市公安局調派人手與他們聯合行動。

因爲案子重大，加上傅遠山等人又是城裏的警方高層，以傅遠山的身分，尚要高出省公安廳廳長高半級，這邊自然也不敢輕視鬆懈。

周宣走進楊天成的別墅中。楊天成興奮地把他迎到大廳的一張大臺子邊坐下來，這張賭臺是新運回來的，專門用以在今天的賭局中使用。

桌子邊有四個男子，大多都是四十歲以上的年紀，其中有一個還是個外國佬，在他們的腳邊，都放著幾個箱子。周宣探測到，箱子裏全都是美金。

楊天成迎著周宣在臺邊坐下後，加上他們兩個，一共就是六個人。

坐下來後，楊天成就笑著說道：

「哈囉，人員全部到齊了，賭局可以開始了。鑑於今天的賭局，我們仍然按以前的規則，全部以現金的方式。如果現金用完，也可以在網上即時轉賬。爲了刺激現場的氣氛，每個人都準備了一千萬的美金，即時轉賬的數額沒有上限。嘿嘿，各位今天只要手氣好，贏個幾十上百億，那也不是空想，祝各位好運。」

周宣不知道他們要玩什麼，而楊天成以爲周宣精通現在賭場所流行的那些賭法，所以也沒有問他。也因爲周宣沒有發問，讓楊天成誤解了。

賭臺上有準備好的骰子骰盅，撲克牌等等，一應俱全。六個人面前，皆放了幾疊整齊的籌碼，有紅黃藍三種顏色。

周宣看得清楚，紅色的面額是一千萬，十個，黃色的是五百萬，也是十個，藍色的是一百萬，也是最小面額的籌碼，一共是五十個，總籌碼的面額是兩億。

楊天成又說明道：「籌碼呢，大家都看到，各位都是有身分的人，我就不介紹了，籌碼

一共是兩億，籌碼用完後，可進行轉賬交割，而後可以再計算籌碼，再進行下注。現在，請大家檢查一下賭具，如果沒問題的話，大家便決定玩什麼方式，賭局馬上就進行。」

這四個人，周宣一個都不認識，但楊天成隨隨便便地便給每個人準備了兩億的籌碼出來，那四個男子又都面不改色，看來身家都不會低於幾十億了，否則的話，這樣的大賭，也會有些緊張的。

周宣不動聲色地坐著，由得他們來挑選賭具。要說賭的話，最好還是骰盅，自己的異能可以完完全全探測出來，不需要動它。

而玩牌的話，要想贏，就必須用異能轉化吞噬，如果到後面檢查牌的數目，就會發覺張數不正常，會發覺少牌，所以周宣並不喜歡撲克牌的玩法。

不過，估計就算賭的話，也賭不了多久。只要傅遠山那邊與當地的警方聯繫上，警方一有行動，楊天成就可能會收到消息，賭局自然就進行不下去了。

周宣把別墅裏的人員探測了清楚。楊天成有十二名保鏢，那四個富豪賭客各自有兩名保鏢，一共有二十個人，都守在別墅門外。沒有得到老闆的吩咐，他們是不允許進入大廳裏面的。

那四個富豪顯然也是久經沙場的，各自拿著高科技的儀器檢查了一下賭具和賭臺，沒有發現任何問題後，各自點了點頭。不過也想得到，這麼大的賭局，一般來說是不大可能在賭具上作假的。

檢查到骰盅是真的，無法被透視，撲克牌也是不透視牌或老千牌後，四個人又協商了一下，然後指著骰盅。

最先玩的是骰盅，這倒是合周宣的心意，而楊天成也相信周宣的能力，所以在賭具上，他沒有做半點的假，在賭臺賭具上面都是乾淨的，既然周宣有那個實力，他根本就不必要冒那個險。

爲了不讓別的玩家懷疑，楊天成自己也同樣堆著兩億籌碼參賭，他想著的是自己只是湊個數，不跟注不下注就行，最多輸點底錢，而玩骰盅的話，連底錢都不需要。

周宣雖然沒有用眼看，異能卻是觀測著這四個人，從他們的表情和眼神來看，他們四個人也不是一夥的，在這個上面，楊天成應該不會上這個當。各自爲政的話，就更好應付。

楊天成把骰盅拿起來擺到賭臺上，把蓋子揭開，裏面有三粒塑膠骰子，這也是應幾個玩家要求的，水晶骰子的聲音太響。

楊天成笑呵呵攤攤手，示意哪個來當莊，第二個位置的男人一伸手，沉沉道：「我來。」

楊天成微笑著把骰盅推過去，那個男子把骰盅拿到手上，試了試手，然後把三粒骰子放到骰盅裏，搖了搖，聲音不脆，這樣不容易聽到。

他試搖的手勢，周宣就知道這個人是個好手，雖說不上是頂尖的高手，但對於有錢人來說，有這樣的技術已經是很不錯了。

在他搖的時候，周宣又探測到另外三個男子都在側耳傾聽，看樣子都不是普通人，想也想得到，能拿出這麼多錢來賭的，哪有普通的富人。

那個搖骰的男子把骰盅輕輕搖動了兩下，然後放到臺子上，並推上前一點點。這個動作很輕微，但卻瞞不過周宣。在他的異能探測下，這個男子最後在賭臺上的動作是一個陷阱。開始搖的點數是三六六，不過邊上的那個是斜靠在骰盅邊緣上的，在那個男子輕輕一推動的時候，手中使了個暗勁，輕輕推的那一下，那顆骰子順骰盅蓋子滑下，變成了一個六點，一點聲音都沒有。

這樣的話，三顆骰子的點數就變成了三個六，屬於莊家通殺的豹子。

在骰盅規則中，三個一到三個六點，通稱爲豹子，爲莊家通殺，當然，除了閒家也下了豹子，那麼莊家就會賠注，最難的就是下精確到點數的豹子。

從這一下，周宣當即知道這個搖骰盅的人是個高手，還真看不出來，本以爲他動作純熟一點，對賭術懂得多一點，但沒想到會這麼高明，在這樣的賭局中，要不是有自己這樣的人在場，這個人可以說是百分之百贏定了，在這種賭局中，到最後，他是會贏大錢的，也許一日下來，他就能進賬數十億。

無論多麼冷靜的人，只要在賭桌上輸多了，人都會糊塗的，會犯錯誤的，更何況是遇到這種高手了，輸到都不知道怎麼輸的。

另外那三個人還是屬於精明的人，但在對骰盅玩法的熟悉以及對賭技的瞭解和熟識，就差得遠了，從聲音上來講，他們只覺得可能會是大點，或者是小點。

而楊天成則純粹聽不出來，他雖然是開賭場的，但那是靠黑社會勢力開的，並不是說他有多高深的賭技，此刻，他在看著周宣，只要周宣下什麼，他就會跟著下。

周宣面無表情，他在看著另外三個人準備怎麼下，還有搖骰盅的那個人怎麼說規則，因為私人的賭局，規則是有可能與賭場的規則不同的，需要他們自己先說出來。

那個搖骰盅的人一攤手，然後說道：

「今天的賭局不同於在賭場中，我們幾個人可以把規則定得簡單些，玩法也不需要那麼多，我看這樣吧，我來做莊，你們下什麼，我就接什麼，我定一下，就只論大小和豹子這三個玩法，大小一賠一，下豹子一賠四十八，不過你們下的注，莊家有權可以不接受，而且也可以輪流搖莊。」

周宣見那男子十分精明，給他自己說話還留了後路。如果別人下的注與他搖的結果差不多的話，他就不會受注，如果不一樣，就全吃，這種好事，誰不會幹？

不過其他三個人，再加上楊天成，恐怕都沒有他那般本事，輸錢是自然的，不怕他們也是人精，有時候，精明也是沒有用處的，比如說在周宣這樣的人面前，你再精明，能精得過他異能的探測嗎？

不過其他那幾個男子都沒有異議，周宣當然是不會反對了，好壞他都不會說，穩操勝券的其實只有他一個人而已。

當然，搖骰盅的那個人是估計不到的，按他的估計，他應該是最終的勝利者。

「請各位下注吧。」那男子一攤手示意著，眼光在他們身上溜了一遍，在周宣身上停留極短，顯然他最不重視的就是周宣，因爲周宣年輕，又不認識，猜想可能是哪個富豪的子侄輩，花天酒地之徒而已，不值得他防備。

因爲是第一局，通常進賭場的人都會選擇在第一局少下或者不下，看看勢態，所以三個男子，有兩個一個人下了一百萬的小，一個下了一百萬的大，另一個則旁觀，楊天成則是在等待周宣下注，周宣下什麼他就跟什麼。

一百萬的大，一百萬的小，那莊家沒有輸贏，再把眼光瞧向了周宣和楊天成，不知道他們兩個下不下注，不下注的話，他就開局了。

周宣淡淡一笑，然後說道：「我再說一下，提個意見，比如說我下的注，如果莊家不受注的話，那麼別的閒家也可以吃下，只要他們願意，你們說這個規矩可不可以？」

楊天成當即贊成：「當然可以，為了活躍氣氛嘛，如果莊家不受，那不就等於玩不下去了啊，這個提議好，就這麼辦吧，不論誰下的注，莊家優先選擇，但如果莊家不要，閒家可以選擇性的要，大家說好不好？」

那個莊家當然同意，他就是擔心如果這幾個人碰巧下對了注，那他肯定就不能要了，有別的人承受，那肯定是好的。

另外幾個人也都不反對，因為對他們都沒有損害，周宣提的意見也不是強制性的，大家願意嘛，願意才會接受，要是你覺得是個小點，也堅定地投了注。但別人要是下了大，莊家又不受，那當然就可以受這個注了，自己相信就要敢下，才能贏得到錢嘛。

楊天成是不論周宣說什麼，他都會大力贊成的。因為他跟周宣是一夥的，只是這一次是破天荒的沒有事先準備出千的手段和工具。因為他相信周宣的能力，不用出千同樣可以贏錢，這種好事，這種能力，也一直是他做夢都追求著的。

周宣其實不是很在意，因為他估計到過不了多久，員警就會來了，這賭局再怎麼樣，那也是鬧劇一場，現在只不過是陪他們玩一陣。

想了想，周宣索性有意讓他們驚訝一下，微微笑著拿了一個一千萬的籌碼，放到臺子中間，說道：「我下一千萬的三個六。」

這一下，可是把在場的所有人都嚇到了，尤其是那個搖骰盅的男子，心裏幾乎是狂跳起

來，本來規則說出來了，下什麼都不奇怪，各人的感覺不同，下豹子搏大錢也不奇怪，但奇怪的是，周宣竟然敢一下子下一千萬的大注！

通常搏豹子掙大錢，就跟買彩票想中大獎一樣，這種事可以搏，但絕無任何把握。下注的人也基本上知道，這錢是打水漂了，收不回來的，百分之百是輸掉，但買下去也就是個念想，有那麼一分半分中大獎的幻想，不過投注的錢都是當扔了的。

而周宣這一下，竟然敢拿一千萬去搏這個不可能出現的豹子，而且是精準的數字，有搏豹子的就只下豹子，賠率要稍低一些，只要出了三個一，三個二，直到三個六，都算贏，但選擇下三個號碼明選，這種難度又要大很多。

敢這麼下，一般只會有這麼幾種情況，一是，周宣是個超級富家子弟，用不完的是錢，一千萬幾千萬的是小數目，輸贏無所謂，二是，周宣是個賭術高手，可以準確判斷骰盅裏的骰子點數是多少，從而就敢下這麼精準的號碼出來。

不過，看周宣這個樣子，應該不是什麼高手，幾個男子都有些詫異，倒真是沒把周宣看出來，下注居然這麼猛。

楊天成也呆了起來，周宣如果下五千萬的大或者小，他都不會太在意，但這第一局便下了一千萬的豹子，要按照一賠四十八的高賠率，他這一注，其實是相當於下了四億八千萬的注碼，雖然說對他很相信，但這第一把就下這麼奇特的重注，周宣，他真的有把握嗎？

但看到周宣那種毫不動容的恬靜表情，楊天成也定下心來，不用問，只管跟著走就行了，否則別人會懷疑他們在串通出千呢，要下什麼注，跟不跟著別人下，那是他的自由，只要沒出千就行了。

「我也下一百萬的三個六。」到底還是覺得不太穩當，但他也只會跟著周宣的注碼玩，所以楊天成還是下了周宣同樣的注。

那搖骰的男子心中驚疑不定，難道說周宣是一個跟他一樣的高手？他那細微的動作都被聽出來了？要不然，怎麼會下這麼大的注呢？

這時候，基本上要下注的都下了，不下注的就不會下了，那搖骰的男子猶豫了一下，然後擺擺手道：

「第一局楊先生和這位小兄弟就這麼猛，這一注，幾位老兄，有沒有意受這一注？」

那四個男子跟楊天成都是熟識的，在一起賭過，所以說起話來也沒有陌生的感覺。

周宣是料他不會要的，就看其他三個人會不會要了，兩個各自下了一百萬的在沉吟著，那個看形勢沒下注的男子倒是一伸手道：

「好，這一千一百萬的注碼，我要了。」

楊天成心裏又是驚又是喜，輸一千萬他不是不能接受，但這第一局，起碼是周宣表現的第一步，應該不能輸吧？

因爲不知道周宣心裏的把握到底有多大，又不好當面說出來，所以又想有人受，又不想有人受注的矛盾心理。

那個搖骰的男子喜道：「那好，姚兄，你確定要吃這一千一百萬的三個六點的注碼嗎？賠率是一賠四十八，如果你確定了，那我就開盅了啊。」

那個姓姚的富翁也是個老精賭的人，賭了幾十年了，經驗豐富得很，幾乎就沒有遇到過，一開局就能開出豹子的事，這第一局，他本來是想看一把，但誰知道就會有周宣和楊天成這兩個傻子拿錢扔呢？這樣的撿錢好事，他們居然不要，那他就不客氣了，伸手就接下來，這第一局就贏一千一百萬，來個開門紅。

那搖骰的男子鬆了一大口氣，然後把手伸過去，輕輕握住骰盅頂部，小心提了起來。這時候，他的動作特別小心，以免引起其他人的猜測和嘀咕。

三個六點，清清楚楚呈現在眾人面前，一時間，除了周宣和那個搖骰的男子，其他人都呆了。

尤其是那個受注的姓姚的富翁，瞪大了眼睛幾乎不相信。

他在另兩個人的嘆息聲中，以及楊天成忽然發出的喜悅聲裏叫道：

「不可能！」

但有什麼不可能的？事實擺在了眼前。莊家不受，下這個注的是周宣和楊天成，他們可是連骰盅都沒摸一下，下注受注，都是自由的。

叫了一聲後，他就慢慢清醒過來，一時間面色如土，本以爲第一局就能贏個一千一百萬，誰知道一上來就輸了五億多的巨額數目，這可是一賠四十八倍啊，他一共是要賠出五億二千八百萬元。

搖骰的男子笑呵呵地把押大小的兩百萬籌碼收了，搖出了豹子後，凡是下別的注，都是被莊家通吃的，除了閒家也是下的豹子。

他是純收入兩百萬，而姚老闆就承受了他輸的份兒，並且是大注。

另兩人不由得慶幸不已，如果姚老闆不要的話，他們兩個差不多都是同樣的心思，還真是動了心想要的。

一千一百萬的現金，對他們來說不是很重要，但也是一筆錢，對普通人來講，那也是一筆一生都無法企及的夢想數字。

此刻，姚老闆臉色變幻。輸一千萬他是臉色都不會變一下，但五億多卻是心痛得很，而且輸得莫名其妙的。

因爲大家都是熟識的，只要不是出千，他也抓不到證據，這錢他就得付出來，否則沒信譽不說，以後在這個圈子都混不了。再說，楊天成這些人也不是好惹的，勢力深得很，這錢要是不付出來，那以後只怕就要被他追殺了。

還有一點就是，如果不付賬，現在的賭局他就無法繼續，想搏回來的可能都沒有。

想了想，他唉聲嘆氣地對楊天成道：

「楊老闆，你們把帳號給我吧，我……我馬上轉賬。」

說著，他把自己的筆電拿出來，等到進入他的私人銀行轉賬頁面後，向周宣和楊天成要了銀行帳號，現場給他們兩個人轉了賬。

周宣當然不會拒絕了。現場轉賬，那可好過了現金。等一下員警到了，這些錢可就不方便拿了，但轉到他賬上的，就已經到了他的帳號中。想必老姚不會那麼傻，把賭這麼大的局供出來吧？

就算被抓了，充其量就是涉嫌賭博而已，只要不說賭了多少錢，而他們又沒有參與楊天成的販毒，應該是沒什麼大事。

楊天成在老姚轉賬的時候，又偷偷瞄了瞄周宣，示意先各自轉賬，賭局結束後，他們再進行細分，這個時候，他也不擔心周宣一個人拿錢。

楊天成確實高興，對周宣這個人的確沒看錯，他就是一個頂級高手，不折不扣的高人，只要他想要的話，現在看起來，不僅僅限於這個賭局上面，估計別的方面他也能輕易賺到錢。

第一四二章

紙老虎

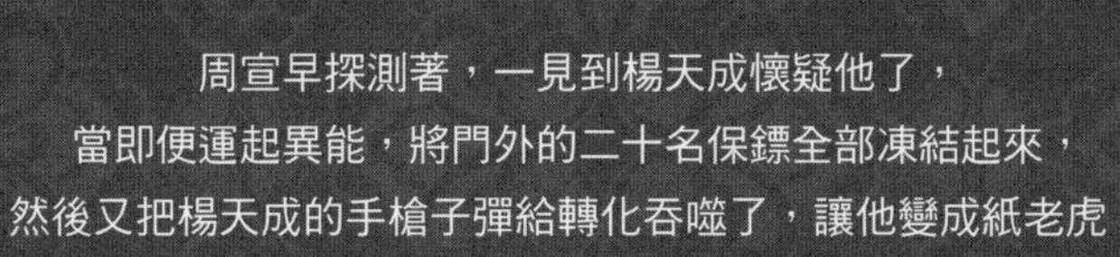

周宣早探測著，一見到楊天成懷疑他了，
當即便運起異能，將門外的二十名保鏢全部凍結起來，
然後又把楊天成的手槍子彈給轉化吞噬了，讓他變成紙老虎，
只要他沒有手槍威脅，根本就不必怕他。

搖骰的男子和另外兩人對周宣和楊天成羨慕不已，小小的第一注，便各自贏了一大筆錢，而老姚一下子就輸了五億多，臉色灰撲撲的，精神大萎，坐在臺子邊盯著骰盅，這一把，他可是要高度注意了。

笑了笑，那男子一攤手，然後示意又要搖了，拿起骰盅，把骰子蓋在裏面，然後一雙手端著骰盅往上一抖，這一抖，可是把他最厲害的絕技用了出來。

骰子抖上到骰盅頂端時已固定了骰子的點數，是三個二，而且特意用了一下手法，聽起來叮叮叮撞擊了多下，實際上只有一下，是從骰盅壁一直撞到頂端，然後用了巧勁，頂端吸收了撞擊之力，最後墜下來，落到底部。

然後又是一抖，底部吸收了墜下來的力量，使骰子並沒有翻動，而是穩穩當當落下來。

這一次，他只搖一下，看似很簡單，其實已經用盡了他的技術。

不過他卻不知道，在骰子上頂端的那一剎那，周宣已經用異能把骰子撞擊頂端的骰盅蓋子部位轉化吞噬了一點，讓骰子順著沒有聲音的一側翻滾了一下，由三個兩點變成了三個一點，最後又在他的手法中落到底部。

這個時候，他完完全全的認爲是三個二點，對周宣暗中用異能幹的事，是沒有半分察覺。

放下骰盅後，他鬆了口氣，說道：

「大家下注吧，唉，這莊家的活兒也不好幹，太緊張了。」

老姚這一把注意力實在是很集中，骰盅一放下，他便想也不想地就推出了五千萬的籌碼，把那五個紅色的千萬籌碼推了出去。

輸了那麼多的錢，小敲小打可撈不回來，得下大注。已經輸了五億多，也不在乎再輸幾千萬了。豪客多數是在輸了過後才會更加瘋狂，沒輸錢的人反是比較理性的。

「我下大，五千萬。」老姚咬著牙說了出來。

這樣下，只要運氣好，十局就贏回來了，只要贏回本錢後，他就會把注量減小了。

另外兩個人因爲沒有輸什麼錢，上一局輸了一百萬，這一局就各自下了三百萬，也是下小。

那莊家再把眼光投向了周宣，上一次就是他出人意料地下了三個六，讓他沒贏到他們，這一局，他下了那麼大的功夫，估計周宣應該再也聽不出來。

而楊天成也在等待周宣下注，周宣下什麼他就下什麼，這一把也想好了，周宣下的注碼，他不會再減注，如果不比他下得多，那也要跟他一樣。

周宣只是稍停了幾秒鐘，便即微笑著道：

「這一局，我還是下豹子，不過是三個一……下三千萬。」

那搖骰的男子呆了一下，聽到周宣說繼續下豹子的時候，心裏如同被刀割了一下般的難

受。要是周宣只是下豹子，那他又沒辦法了，只能捨棄，這樣看來，周宣還真是一個高手，如果第一次說是湊巧，那第二次就絕不能說是運氣了。

但接下來，又聽到周宣說下的是三個一，不禁又大喜起來，看來周宣還是中了他的陷阱，不過周宣是個高手倒是確無置疑了，只有他用了最厲害的手法才瞞過了他。

也幸好周宣是下三個一的精準數，要是只是籠統的下豹子，他也沒辦法要了，讓其他人來受注，那結果又好死了周宣，讓他又贏一大筆錢。

不過，比起周宣剛剛贏的五億多來講，這一把只是三千萬，自己贏了他也沒多大影響，估計周宣自己也是如此想吧，贏了那麼一大筆錢，輸個三幾千萬那也毫不在意。

楊天成呆了呆，周宣下得如此之大，剛剛想著的要跟他下一樣多，甚至更大數目的賭注，但一聽到周宣下的又是三個一的豹子，還是猶豫起來，算了吧，反正上一局中贏了五億多，一人可以分兩億多，周宣這一局下了三千萬，就當少贏這三千萬吧，估計是輸了。既然當著輸的話，那自己就還是扔一百萬湊湊興吧。

「我下一百萬，也是三條一的豹子。」

楊天成想了想，撿了一個一百萬的籌碼放了進去。

搖骰的男子興奮起來，上一把通吃，贏了兩百萬，這一把又要通吃，關鍵是把周宣的三千萬贏了，其他三個人加起來才七百萬，老姚一個人五千萬，這個大注也給他吃了，痛快。

「我開盅了啊。」心裏定了一下，然後才伸手握住骰盅頂蓋處，輕輕提了起來，然後放到邊上，幾個人的眼光又同時都投射在了骰盅底上。

三個一點！

楊天成一怔，隨即猛拍了一下大腿，懊惱之極的痛呼了一聲，實在可惜啊，本來是下了決心要跟周宣一起下大注的，但事到臨頭還是退縮了，可惜啊，這一局便少賺了十四億四千二百萬了。

而另四個富豪各是慘呼一聲，老姚便如心臟給割了一刀似的，這一局又是他娘的豹子，五千萬的注碼又被莊家通吃了。

不過，莊家的臉色並不比他好，剛剛老姚是賭局六個人中，最倒楣的一個，輸了五萬兩千萬，這一局又輸了五千萬，一共是五億七千多萬了，本以爲他是最慘的，但這一個稱號馬上就落到了莊家身上。他這一局可是要輸給周宣和楊天成兩個人一共十四億八千八百萬，扣掉通吃的五千六百萬，還要賠出去十四億三千二百萬。

這可是他所沒有預料到的，這般輸法，便是金山銀山也撐不住了，待想要說不可能時，又想到骰子是他自己搖的，人家幾個人碰都沒碰一下，而且骰子骰盅是經過他們幾個人檢查過的，任何問題，錢輸了，能怪誰？

這一下可是輪到他跟老姚剛剛一樣的處境了，呆了一陣，還是把自己的筆電打開，贏了是好，但輸了，這錢不給，卻是走不了人，也是賴不掉賬的。

心痛啊，這一局就把他的底子輸出去四分之三了，要再像這樣一局，他就無法承受了，只是沒能如願。明明自己用了手法的，明明是三個二，怎麼會變成了三個一？

這種悶虧也只能暗吃了，不能明說出來，估計最大可能就是他的手法沒運用好，失誤了。

楊天成又是懊悔又是興奮，懊悔的是自己意志力不堅定，明明想好了要跟著周宣狠下的，但到頭來卻是臨陣退縮，又只下了一百萬，當真氣死人了。不過好在周宣下了三千萬的大注，贏到了十四億多，加上頭一局的五億多，贏了有二十億了，兩人平分，也能分十億，這比他販毒來得要更快，也更安全。

把周宣和楊天成的賬各自轉完，這近二十億的錢，絕大多數都流進了周宣的口袋。周宣沒什麼不樂意，只是心想可惜了，要是楊天成不販毒，參加這樣的賭局，那比做什麼生意都強，短短時間，便有大把大把的鈔票進賬了。

楊天成笑得嘴都合不攏來，而另外那四個男子中，老姚跟搖骰子的高手兩個人最是痛苦，贏的狠贏，輸的更輸。

心裏不服氣，那搖骰的把骰盅拿到手中，仍然還要搖，但就在這時，大廳門外楊天成的保鏢進來了，拿著手機在楊天成耳朵邊上輕輕說了一句話。

別人聽不到，但周宣卻是聽得很清楚，他說的是：「老闆，郭副廳打來的電話，說是緊急事件。」

楊天成本來是笑容滿面的，但聽到保鏢的話後，臉色頓時不自然起來，當即拿了電話，然後對周宣幾個人道：

「不好意思，你們繼續，我失陪一下，接個電話。」

說完，他就拿著電話到樓上的房間。周宣運起異能，跟著探測過去。

楊天成拿著手機，直到走上了樓上的房間裏，確定沒人聽得到後，才問道：

「郭副，什麼緊急事？」

手機裏傳來一個惱怒的男子聲：

「沒急事我能吵你？別浪費時間了，我用拋棄式的卡片給你打的電話，趕緊逃吧，省公安廳聯合城裏警方，已經隨著市局的刑警來了，記得把所有的證據銷毀掉……」

楊天成一驚，臉色大變，趕緊急急問道：

「到底是什麼原因？怎麼會……」

「嘟嘟嘟」的響聲中，那頭的人已經掛斷了電話。

楊天成呆了呆，隨即又想到，他剛剛打來的電話中，很清楚地說了一聲「城裏警方」，城裏？那個周宣不是從城裏來的嗎？不會那麼巧吧？

楊天成是幹黑社會出身的，心腸一向狠毒，馬上就懷疑到周宣，心想：搞不好周宣是警方安排故意跟他見面的。現在把所有的事都仔細回想一遍，周宣身上值得懷疑的地方就明顯多了起來。

一惱怒，楊天成臉色陰沉起來，心裏想著，周宣如果真是那個臥底的話，那身手也太可怕了，於是從櫃子裏拿了兩支手槍，「喀喀」上了膛。

用武力肯定是鬥不過周宣的，哪怕他有十二名保鏢，就是把老姚他們四個人的保鏢加起來，也可能不是周宣的對手，這個他早就知道了。賭場方面派的二十一個打手，都被周宣打得折胳膊斷腿的，看來只有子彈才能對付他。

楊天成一邊把手槍插在腰間，一邊又拿起手機，通知別墅門外守候著的保鏢們。

周宣早探測著，一見到楊天成懷疑他了，當即便運起異能，將門外的二十名保鏢全部凍結起來，然後又把楊天成的手槍子彈給轉化吞噬了，讓他變成紙老虎，只要他沒有手槍威脅，根本就不必怕他。

楊天成自然不知道，努力把臉上的表情緩和下來，然後一手拿了一支手槍，藏在背後，看起來，就像是把雙手背在背後一般，緩緩往樓下走來。

周宣也不動聲色，由得他來演戲。

賭臺上，這時已經換了老姚來搖骰了。老姚根本就沒有用什麼手法，只是胡亂搖了幾下，便即放到臺子上等眾人下注。

老姚的方向，剛好是正面對著樓梯口，所以見到楊天成從樓梯上下來，立即開口叫道：

「楊老闆，趕緊下來投注，剛搖好。」

楊天成聽到老姚一叫，心驚肉跳地趕緊把手槍舉到面前，對準了周宣，只是在老姚看起來，就好像是把槍口對準了他一般，嚇得手一顫，霍地一下站起身來，顫聲道：

「楊……楊老闆，你要幹什麼？」

楊天成把手槍對準了周宣，喝道：

「周宣，你就不怕死嗎，敢做警察的臥底？」

老姚幾個人才都驚覺，這個年輕人竟是警方的臥底？

周宣淡淡一笑，慢慢轉身，面對著楊天成，想了想，又從衣袋裏把手機掏了出來，撥了傅遠山的電話，接通了後，直截了當地說道：

「傅局長，人贓俱獲，你們到了沒有？」

聽到周宣說的話，楊天成才徹底死了心，說實話，他無論如何都不敢相信周宣會是那個

臥底。

要是周宣否認的話，他還會考慮考慮。周宣成了臥底，他的損失是無比巨大的，包括販毒被抓不說，還有數十億的現金進賬，也都會隨著周宣的身分改變而化爲烏有的。

但事實上，他所有的希望和幻想已隨著周宣的電話內容而消失。楊天成急怒交集之下，兩把手槍扣得「嗒嗒嗒」直響，撞針聲音此起彼伏地響，把老姚幾個人都嚇得鑽到臺子下面躲起來，身子連動都不敢動。

周宣笑呵呵地盯著楊天成，雙手一攤，說道：

「楊老闆，你除了繳槍投降以外，沒有別的路可走，在我面前，你那些動作都不必使了，對我沒有用處。」

楊天成手槍扣不響，周宣又面色如常，讓他更加慌亂急怒，在周宣面前，他確實感覺到無計可施，從一開始在高明遠的賭石廠中見到這個人後，自己就沒能在他身上占到上風，而後面他顯露的各種神奇之處，更是讓楊天成覺得他不是常人。

「巴澤……巴澤……魯東……」楊天成又大叫起來，手機打不通，就索性叫起來，讓外面的保鏢衝進來一起對付周宣。

周宣笑笑道：「不用叫了，他們二十個人通通被我點了穴，在外邊動彈不得，你……已經無路可逃了。」

楊天成面色蒼白，在國內販毒被抓，哪怕他是個外國人，但面臨的卻是在中國境內販毒的罪名，一樣的結果，中國對於販毒又尤其判得重。

驚怒交集中，楊天成把手槍向周宣一扔，回身就要向後門逃竄，周宣嘿嘿一笑，說道：

「你還逃得了嗎？」

楊天成剎時間只覺一雙腳麻木起來，沒有任何知覺，彷彿被凍成了冰棍一般，也不能動彈，站定在那兒，搖晃了一下，終於跌倒在地。

周宣不再理會他，把另外四個富翁也凍結了行動自由，然後轉身往門外走去。

大廳門外，游泳池旁，二十名保鏢呈各種各樣的姿勢，像雕塑一般立在外面。周宣就坐在池邊的大陽傘下面，不多一會兒，全副武裝、荷槍實彈的特警人員就包圍了這棟別墅。

不過，傅遠山早得到了周宣的通知，所以也早規定了，沒他的命令，任何人不准開槍。

看到周宣安安靜靜一個人坐在傘下時，傅遠山不禁笑了起來，看來一切都搞定了。

周宣向裏外一指，特警們隨即上前把二十名保鏢控制住，又衝到裏面把楊天成五個人逮住。

周宣再帶著傅遠山幾個人直接到後廳的秘室中，把暗格保險櫃打開。

本來傅遠山是帶有開鎖專家的，但周宣直接運用異能，把保險櫃的鎖給轉化吞噬了，保險櫃一打開，兩米多高、一米多深的大保險櫃裏，堆滿了一袋袋的毒品，還有幾大本帳本，

另外，在對面的櫃子中又翻出數十把槍枝來，讓傅遠山等人是又驚又喜。

有周宣出手相幫，這麼高難度的事，就變成了跟小孩扮家家酒一般容易，完全沒有絲毫傷亡。

在保險櫃裏拿到的帳本中，還有一個令人驚喜的發現，那就是楊天成的各線毒品網、聯繫人名冊，一應俱全，還有他在省裏的各個人脈關係網，某年某月某時送了多少錢給某某官員，一一都記得一清二楚。

因爲楊天成是幕後的首腦，警方很難直接追到他頭上，所以他才這麼大膽地在這兒藏了這些東西。

如果楊天成的下線被抓，那還有可能驚動到他，而他的那些下線，除了有兩名親信知道他的落腳點之外，其他人連他本人都沒見過，即使出事被抓，也找不到他，線索立刻會斷掉。

只是楊天成沒想到的是，周宣找的這個上家，偏偏是那兩名知道他底細的親信之一，又碰巧在他的別墅裏讓周宣給探測到，所以楊天成才倒楣地被周宣逮著了。

看著警方人員把別墅封了，檢查著別墅裏面的各處地點，周宣對傅遠山低聲說道：

「大哥，這案子不簡單，你要小心點，別因爲這個案子而得罪了某些大官。」

傅遠山點點頭，也低聲回答著：「你放心，我已經全部向魏書記彙報過了，由他來聯繫這邊的省委書記協商，所以這次的行動，是由安排下來的政法委書記領頭，說是不管有多高的官員涉案，都要一查到底。」

周宣點點頭，這些事自然由不到他來擔心，想了想又道：

「大哥，你可以通知他們一下，楊天成接到了一個電話，我聽電話的內容，對方是一個姓郭的副廳長，你可以讓他們查一下。」

傅遠山當即讓周宣在原地等他，然後過去跟指揮行動的劉書記低聲說了。

那劉書記怔了怔，看了看在大門口指揮的一個穿警服的高級警員，有些不相信，但還是招了招手說道：「老郭，過來一下。」

那個高級警員五十歲左右，國字臉，一臉方正，顯得正氣凜然的樣子，怎麼也看不出來會與楊天成有勾結。

當然，劉書記也不能肯定這個郭副廳長就是傅遠山所說的那個人，在事情沒弄清楚前，也不能隨便斷言誰是或誰不是。

郭副廳幾步走了過來，然後問劉書記：

「劉書記，什麼事？」

劉書記沉吟著，一時還沒想到該用什麼語氣和什麼話來問他，但周宣一聽到這個聲音，

當即肯定就是他了。

周宣的異能之一就是能模仿別人的聲帶和識辨聲音，任何人說的話，只要讓周宣聽到一次，他就能清楚的識辨出來，他聽到這個郭副廳長的聲音，時間也才只過了一個小時不到，又如何聽不出來？

周宣隨即又向傅遠山打了個手勢，表示肯定就是他，沒有錯。

傅遠山心裏一鬆，只要確定是他就好說，於是走到劉書記身邊，低聲說道：

「劉書記，我的秘密線人確定，給楊天成打通報電話的人就是他。」

劉書記臉色怒容升起，一個他多年相識的老友竟然跟毒梟勾結，由不得他不怒。

當然，還有另外一個原因，這件案子是京城方面查出來後聯絡他們的，而那邊是魏海河這個市委書記主持，領頭追凶的又是政法委書記兼任公安局局長的傅遠山親自帶隊，案子的重要性可見一斑。

而且，名稱上，他雖然跟傅遠山是同一職位，都是政法委書記，但傅遠山是京城的政法委書記，還兼任市公安局長，地位權勢更重過他，再說，人家是從京城來的，官更大一級，更何況，他本身就比自己的級別高，哪裡敢怠慢？

傅遠山沒有說話，案子雖然算是他們京城的，但人家是地主，要處理要審查，都只能由他們省裏來做。

劉書記臉色陰沉，在傅遠山面前又要顯得公正無私，沉著臉便道：

「郭副廳長，你半小時前，是不是給這個楊天成打過電話？」

郭副廳臉色一白，顫了顫，當即否認道：

「誰說的？不可能，我怎麼會給這個毒梟打電話？你們……你們查他的電話不就知道了嗎，看看有沒有我的電話號碼。」

聽到郭副廳長這樣說，又看到他的表情，劉書記心都冷了，郭副廳長是他的老友，平時是像包青天一般的人物，行事公正嚴明，一絲不苟，而現在說的話，卻明顯感覺到他色厲內荏，底氣不足。

傅遠山淡淡哼了一聲，這是人家的家醜，他自然是不會插嘴的，由得劉書記自己來處理。

不過，郭副廳並不就此認罪，仍然喋喋不休地狡辯著。周宣運出異能，探測了一下他的全身。

在他的上衣袋裏，有一片用紙包起來的移動手機卡，周宣心裏一動，當即緩緩走過來說道：「傅局長，你何不派人把楊天成的手機拿過來，打一下那個號碼，看看他的手機會不會通就知道了？」

傅遠山知道周宣做事不會無緣無故的，當即讓屬下把楊天成的手機拿過來。

周宣在楊天成接電話的時候，已經探測到那個號碼，當即對著他們幾個人的面，把這個號碼說了出來。

屬下把楊天成的手機拿了過來，傅遠山接過來遞給了劉書記，由劉書記親自來打這個電話。

劉書記沉著臉，把手機裏已接電話的記錄按出來，在最近的一條通話裏，果然看到了周宣所說的手機號碼，只是沒有名字，當即想也不想便按了出去。

傅遠山見郭副廳長並不慌張，不知道周宣有什麼辦法，看郭副廳長的樣子，是不會輕易繳械的。

郭副廳長嘿嘿一笑，從褲袋裏把手機摸出來，攤到手中，並按了一下按鍵，顯示是開著機的，然後說道：

「手機在我手上，劉書記，你打一下看看，有些人想污蔑我，可沒那麼容易。」

周宣沒有說話，遠遠地看著郭副廳長在劉書記和傅遠山面前表演。

劉書記沉著臉，把那個電話號碼撥了出去，又按了免持鍵。手機裏傳出來的卻是電信小姐的聲音：

「您撥的電話已關機……」

郭副廳長把手機揚了揚，螢幕上清楚的顯示著，手機是開著的。

就在郭副廳長毫不動容且有幾分憤慨的表情時，周宣緩緩走了過去，郭副廳長和劉書記都沒注意到他。

周宣對傅遠山使了個眼色，然後漫不經心地說道：

「郭副廳長，把你上衣左邊口袋裏那張白紙包著的手機卡插進手機裏試試看？」

莫名其妙的一句話，讓郭副廳長呆了呆，隨即臉色大變，盯著周宣看了看，喝道：

「你是什麼東西，你有什麼資格在這裏發言，趕緊滾遠點。」

劉書記皺了皺眉頭，這個老郭今天確實是大變樣了，以往的風度沉著，完全消失無蹤，跟個不認識的陌生人都要口出髒言？不過，他同時對郭副廳長開始有些懷疑了，難道這個年輕人說的話真的切中了他的要害？

傅遠山卻是冷冷道：

「郭副廳長，作爲一個廳級官員，起碼的規則你還是應該懂得吧？他不是什麼東西，他是我們城裏的秘密臥底，這次的任務，就是他出生入死，冒著生命危險查出來的。郭副廳長，無需多說，把你上衣口袋裏的手機卡拿出來吧。」

郭副廳長這一下是真的慌了手腳，當時沒想到，給楊天成打了電話後，便把卡片抽出來，本來是要扔掉的，但又想到，萬一後面還有用就沒丟。

這張卡是他私下買回來的，是專門用來跟楊天成聯繫用，而且用的時候都是他一個人，

包括拆下來的時候，根本就沒有第二個人在場，這個人，就算是個臥底，又是怎麼知道這些事的？

不過，不管是用什麼方法知道的，這的確是事實。所以，郭副廳長一時間慌了神，想了想，忽然伸手往衣袋裏掏，把那張包著手機卡的白紙取出來，張開嘴便要塞進嘴裏。

劉書記和傅遠山都沒有想到郭副廳長會忽然生變，「啊喲」一聲，想要阻止卻是來不及了，不過，就在郭副廳長做這個動作的時候，劉書記就明白了，他的老朋友是真的有問題了。

劉書記和傅遠山雖然來不及阻止，但周宣卻有辦法，動都沒動，異能便已經悄悄運起。郭副廳長手指捏著那白紙才伸到嘴邊，便忽然停住了不動。

傅遠山當機立斷，上前一把便把那白紙搶了下來。等到傅遠山搶下了後，郭副廳長的手才動彈了，不禁又氣又急，也不知道剛剛是怎麼回事，就那一下關鍵的時候，手卻似發了麻，忽然不能動了，被傅遠山搶走後，卻又可以動了。

劉書記見傅遠山驚險地把紙包搶下來，不禁鬆了口氣。

傅遠山把自己的手機拿出來，當面把白紙包著的手機卡換上了，然後再裝上電池，並開了機，最後才把手機遞到劉書記手上。

劉書記瞧了瞧臉色蒼白的郭副廳長，哼了哼，然後用楊天成的手機重撥那個號碼，左手掌心則托著傅遠山的手機。

在「嘟嘟嘟」的撥號聲中，這一次沒有電信小姐的聲音，響了兩聲後，劉書記左手中的手機忽然就響了起來。

看著螢幕上顯示的來電號碼，與右手中正在撥打的號碼是一模一樣的，郭副廳長當即面如死灰。呆了一下後，忽然刷地一下掏出手槍，對準了劉書記，左手又一把將劉書記拖到面前挾持著，惱羞成怒地道：

「你當人質，送我出去，快點……」

圖窮匕見，原形畢露了。

劉書記臉色脹得通紅，沒想到多年的老友變質了不說，這一刻為了逃命還挾持他，這讓他情何以堪？

「你到底要幹什麼？郭昌德，放下槍……」

郭昌德一臉失控的表情，怒喝道：

「少跟我來這一套，老子熟得很，趕緊安排車過來……」

傅遠山也有些著急，沒料到變故突生，始料不及。

旁邊一些員警也圍了過來，不過都有些發怔，這兩個都是他們的高層上司，不敢輕舉妄動，也不知道這是怎麼回事？

周宣嘿嘿一笑，對傅遠山做了個動手的姿勢。傅遠山當即明白，周宣已經暗中解除了危險，郭昌德的手機肯定沒有威脅了，而他手中此刻也沒有別的武器，對劉書記是沒有大的危險的。

傅遠山一個箭步竄過去，伸手就對郭昌德臉上一拳，郭昌德見傅遠山不顧劉書記的安危對他動手，大怒之下，把槍口對著傅遠山就是連連扣動，管他三七二十一，打死他再說。但「喀喀喀」的撞針撞擊中，槍卻沒有響，沒有子彈射出來。

傅遠山心裏緊張了一下，一個員警對槍口是有天生的壓迫感的，但見槍打不響之後，他心裏又升起了對周宣能力的絕對信任，周宣又怎麼會讓他涉險呢？

第一四三章

琥珀翡翠

「這個東西，我猜測有可能是『琥珀翡翠』。」
聽了周宣的話，老吳可以完全摒除是人為造假的可能了，
因為再怎麼造假，也不會造到石頭裏面去，
而且周宣也絕不會說謊話，這一點，老吳是絕對肯定的。

郭昌德手槍打不響，愣了一下，傅遠山已趁這個機會，上前狠狠一拳揍在了郭昌德的臉上。

「啊喲」一聲痛呼，郭昌德鬆開了抓著的劉書記，捂著臉倒在了地下，從他的手指縫中滲出了鮮血，傅遠山這一拳，打得很重。

劉書記腿都還在發軟，雖然從槍口下餘生，但對傅遠山剛剛的行動還是有些惱怒，這要是郭昌德手槍響了，那他的一條老命還不就給葬送了？

就算他傅遠山是城裏的官員吧，那也不應該把他的命不當回事吧？任何人都沒有這個權利，他傅遠山做的太過分了！

傅遠山在動手之初便想到了，劉書記肯定是要怪罪他的，這時見到四五個員警上前來控制住了郭昌德，這才對劉書記道：

「劉書記，對不起，郭昌德的手槍，已經早被我的臥底人員破壞了，實際上，他的手槍裏的子彈都是打不響的空包彈。爲了防止意外發生，也爲了穩住郭昌德，讓他多吐露一些秘密，所以沒有提前告訴你，請你諒解。」

劉書記一聽傅遠山的話，心裏雖然仍有些不痛快，但對傅遠山的埋怨卻是沒有了，人家也是在沒有危險的情況下才這麼做的，不算對不起他。

只是確實有些惱火，省裏這一次臉丟大了，還得趕緊向上面彙報，看看怎麼收拾殘局，挽回一些聲譽。

「把郭昌德抓起來！」劉書記喘著氣吩咐在身邊的員警，一個廳級官員出了這麼大的岔子，事情不可謂不大，何況又有傅遠山這麼個身分地位都不容忽視的城裏大官在場，容不得他有所怠慢。

老姚他們四個富豪賭客被蒙了臉押進一輛車中，楊天成關到另一輛車中。員警封了別墅，然後地毯式的搜索著。

周宣見事情圓滿結束，後面也不需要他再出面了，當即對傅遠山道：

「我先回酒店，你們安排好了，我們再回城裏，要不我先走也可以。」

傅遠山擺擺手，吩咐一名屬下送周宣回酒店，然後說道：

「不用，楊天成和幾名毒販我們將馬上押解回城裏，就一起走吧。只是我們與這邊還有些事務要交接，你先回酒店等一下，估計幾個小時就好了。」

周宣點點頭，他們內部的事，自然不用他過問，隨即跟傅遠山指派的人員一起上車，等回到酒店後，那名下屬又開車回楊天成的別墅處候命。

周宣回房間裏把行李整理了一下，把衣物裝進了箱子，又提了提那個裝了蟲子翡翠石頭的箱子，還挺重的。

來一趟瑞麗，除了運回百多噸的毛料外，就得到了這麼一塊石頭，也不知道有沒有作用，不過反正也沒花錢，拿回去即使不值錢，也可以把它打磨出來，作爲觀賞擺設也不錯。

銀行帳號上又憑空多了近二十億的現金，讓周宣有些好笑。這錢也來得太容易了，加上在賭場那邊的兩億多，這一趟來南方可算是大豐收了，收了這麼多現金不說，又花低價買了百多噸的毛料，那些玉石的價值，至少也是幾十億起跳。

突然想到賭場還欠自己五億的現金，高明遠也有兩億多，就給高明遠打了個電話。這傢伙跟那幾個美女胡天胡地搞了一夜，此刻正筋疲力盡、呼呼大睡呢，周宣的電話打過去後，接聽電話的聲音都是稀里糊塗的。

「老高，我要回去了，你有空的話，就到我酒店來，我有事要跟你說。」

高明遠怔了怔，忽然間清醒過來，馬上跳起來大聲道：

「什麼……老弟，你要回去了？你等等我，等等我，我馬上過來……」

這一次，高明遠倒是立刻起來了。

沒用半個小時便趕到了酒店，氣喘吁吁奔進周宣的房間中。一進門，就見到房中擺著兩個整理好的行李箱，看來周宣說得沒錯，他真是要回京城了。

「老弟……怎麼忽然就要回去了？」高明遠表情極是失望地問道，臉上儘是不捨的神色。

這幾日來，周宣讓他從地下直升到天堂，又讓一直瞧不起他的人對他有了應有的尊重，讓高遠山對周宣有了一種莫名的依戀，這下突然聽到他忽然要走了，心裏空蕩蕩的很是難受，這時就算讓再多美女陪著他，也覺得沒有興趣。

周宣笑了笑，拍了拍高明遠的肩膀，說道：

「老高，天下間沒有不散的宴席，我來這邊，事也辦完了，要回去了，叫你過來，一是跟你道別，二是想交代你一件事。」

高明遠失望之色溢於言表，問道：「什麼事？」

周宣把那張賭場開的單據遞給高明遠，然後說道：

「老高，這張單據交給你，如果賭場把這些錢付了，你不是想自己開個玉石廠嗎？那就算我跟你合股吧，一人一半，經營歸你。我沒有別的要求，大概一年三至四次，我會過來採購毛料，我跟你說過，我是開珠寶公司的，毛料拉回去是自己公司要用的。」

高明遠還有些發怔，仍然十分不捨周宣真的就要走了。雖然之前是因為金錢的關係，才對周宣產生好感，但現在，他對周宣卻有了一種親人般的依戀，想了想，不禁道：

「老弟，不如我跟你一起回京城吧，我想跟你一起做事。」

周宣呵呵一笑，搖搖頭道：

「老高，這你就錯了，俗話說，金窩銀窩都不如自己的狗窩好，做事情，還是在自己的

家鄉比較好。再說，我是個懶散成性的人，公司我是從來不管的，嫌麻煩，現在幾乎全部業務都交給了我弟弟妹妹及朋友在打理，你跟我過去做什麼呢？你想要做事業，我自己都不做，你怎麼跟我做？」

高明遠嘆了口氣，作聲不得。

周宣又笑笑安慰道：「老高，別這樣，有什麼事，你一樣可以找我，我給你留個電話號碼，回去後，我再讓我的解石廠跟你聯繫，有什麼難事就跟我說。」

「我知道，你不是個普通人，也知道你說話算話，可我就是不捨得……」高明遠快快地說道，「這麼多年，我跟別人都是你防著我、我防著你的過日子，可是跟老弟在一起，我完全就沒了那種念頭，是好是壞，我都會相信你。」

周宣笑笑道：「今後還是一樣，我仍是我。老高，還有一件事，現在我可以告訴你了，楊天成是個毒犯，今天已經被警方逮捕，他的毒品網也全部被摧毀了，以後你也不要跟這種人打交道了，至於其中的原因，我就不跟你說了。」

高明遠一怔，周宣說的話有些模糊，但細細一想，明白周宣絕對與這件事情有關。

楊天成被抓，他一點也不覺得奇怪，像那樣瘋狂囂張的人，遲早得出事，只是他惹不起這種人而已，不過在周宣面前，楊天成似乎注定是要吃虧的。

直到下午快四點過後，傅遠山幾個人才回到酒店。高明遠便明白了，周宣不僅僅有超級富豪的身分，更有高深的官方背景。

與高明遠作別後，周宣便跟傅遠山一起上了車，直接趕往機場。

在機場，他的下屬和劉書記以及一眾特警押解了楊天成等毒販等候著。

回城是包了一架專機。楊天成一行連毒販一共有二十一人，傅遠山的人馬有十一個人，劉書記又安排了十五名特警隨行護送回城裏。

在城裏機場下機，警方已經安排了押解車直接在機場上等候，將一眾毒販押上車。傅遠山又陪了周宣坐一輛車，出了機場。

在機場大樓外，一排警車等候著，上面還打著「歡迎英雄員警勝利回京」的旗幟。

周宣笑笑道：「搞得真隆重，不過，我就不跟你們摻和了，你們回去開你們的慶功大會，我回去跟我的家人團聚，然後處理我買回來的百多噸石頭。」

傅遠山啞然失笑，道：「老弟，多餘的話我也不說了，反正你也不想出這個名，大哥我就厚著臉皮了。」

進入市區後，傅遠山便與大隊分開，親自送周宣回宏城花園。到達宏城廣場後，周宣才擺擺手道：「就到這兒吧，我也不叫你到家裏坐了。」

傅遠山知道，周宣這次到南方執行任務是極秘密的，他對家裏肯定不是這麼說的，所以

一個人回去，才不會引起家人的懷疑。

下車後，傅遠山又幫周宣把兩個箱子從後車箱中拖出來，笑笑揮了揮手。

周宣一手拉了一個箱子，慢慢往自家的方向走，裝衣服的箱子倒是很輕，但裝石頭的箱子十分沉重，有些吃力。好在路況很好，又不太遠。

大廳中，傅盈抱著小思周正跟金秀梅和劉嫂嬉戲，見到周宣回來後，幾個人都是歡天喜地迎上來。

看到周宣累得滿頭大汗的，金秀梅趕緊上前來幫忙，一邊拉那箱子一邊問道：

「兒子，你這裝的是什麼啊？跟塊石頭一樣沉。」

周宣哈哈一笑，說道：「媽，你可是說對了，裏面就是一塊石頭。」

金秀梅以為周宣是說笑的，把箱子推到牆角邊上。

周宣看著挺著肚子的傅盈抱著小思周，嬌豔的臉蛋對著兒子稚嫩的臉蛋，忍不住把傅盈摟在懷中，在兒子臉上狠狠親了一口，又在傅盈臉上也親了一下。

金秀梅又笑又皺眉，笑罵道：「肉麻，都說兒子是娶了媳婦忘了娘，果然不假，一回來就只知道老婆跟兒子。」

傅盈臉紅紅地嗔道：「媽——」不過，她自然也知道金秀梅是說笑的。

周宣又哈哈一笑，再一把摟住老娘也狠狠親了一口，笑道：

「媽，那我再來個只記得娘忘了媳婦。」

幾天沒跟家人見面，這一晚，周宣跟家人團聚一起，心裏很舒暢。

之後一連數天，周宣連門都沒出。

回家第四天時，弟弟周濤跟他說起了這次運回來的毛料情況，廠裡已解了十多塊毛料，只是數量實在太多，遠超過去年那一次的數量。

這次可是多達兩百多噸，最關鍵的是，這些毛料中，每一塊石頭中都有翡翠，而且品質都是很好的，就算不是頂級的，價值上也都是很不錯的，所以解起來就慢得多。

工廠裏又招收了一批解石師傅。這個周宣並不反對，人手多，在貨源上，自己可以滿足他們。這次的貨源，至少可以滿足他們一年的工作量，現在又跟高明遠合作了，隨時都可以過去採購原料。

高明遠也給周宣打過電話，說賭場的錢已經支付了，他也已經離開了原來工作的玉石廠，現在已經找到了廠房，新公司即將開業，股份就按照周宣說的辦。

聽弟弟周濤說起解石廠的事後，周宣忽然想起了自己帶回來的那塊石頭，當即到大廳的角落處把箱子拉出來，然後到車庫裏開了自己的車出來。

把箱子弄到車上，傅盈在後面問道：「周宣，又要出去嗎？」

周宣笑笑道：「是啊，我到解石廠去一下，在瑞麗弄了一塊古怪的石頭回來，今天去把它解出來，看看有什麼價值沒有。」

傅盈本想跟著周宣去玩玩，但低頭看著自己挺著的腹部，嘆了口氣，還是不去了。婆婆金秀梅太關心她了，也不讓她出門，即使要出去，也是一家人到廣場上散散步而已。

周宣笑著示意傅盈進房去，然後開著車往鄉間的解石廠開去。

解石廠又投錢修繕擴大過，現在看起來顯得生氣勃勃的，廠裏到處都是人。原來周宣沒買下來的時候，整個廠裡就兩個人看守，而現在，解石廠一共有一百多名職工了，解石的師傅和學徒有四十多個，還有六十多名玉石工藝師傅，以及二十多名保安。

因爲周宣採購的毛料，讓這些工人都沒有閒空，平時十分忙碌，不過他們十分樂意。周宣開出的薪水比同行高，福利方面也比同行好很多。所以員工們工作的熱情都很高。

周宣很少到解石廠來，尤其是近半年，幾乎就沒踏進過廠子一步，所以把車開到廠門口時，兩個門衛不讓他進去，說要登記檢查，廠裏是重要地方，閒人免進。

周宣笑了笑，員工有這樣的警惕心理是好的，說是重要地方也不爲過。自己的石頭，對於不懂的人來講，那是石頭，但對於珠寶行內的人來講，這可都是寶貝。

管理的劉師傅更是相當謹慎，因爲從一開始解石以來，這些石頭裏面可以說就沒有空的，每一塊石頭裏都有翡翠，所以周宣運回來的這些石頭毛料，塊塊都是寶。

劉師傅把每塊石頭都編上了號，鎖進倉庫裏，再讓管理部的職員登記在電腦裏，管理得有條不紊，也不會被起了貪念的員工偷偷拿走。而且，廠房的每個地方都安裝了監視器，嚴防此類事情發生。

周宣把手機拿出來給劉師傅打了個電話，說是在廠門口等他，不一會兒，老劉就興沖沖地從廠子裏大踏步奔出來，老遠就在叫道：

「周總，你怎麼來了？」

兩個門衛聽到老劉叫一聲「周總」嚇了一跳，趕緊從門衛亭中跑了出來。不知道老劉這嘴裏叫的「周總」是什麼公司的老總，不過解石廠的老闆是周家的，這他們是知道的。不過，來這兒的周總，一個是周濤，一個是周瑩，都見過的，唯獨這個周總沒見過。

老劉現在已經正式升任工廠解石部的部長，統管著整個解石部門，接到周宣的電話就興高采烈地跑出來，因爲這一次的毛料數量遠比上一次多，而且解出來的玉品質不錯。

如此大量的翠石毛料讓他興奮不已，根本就不用擔心沒有貨的情況。又聽到大老闆周宣要過來，自然是止不住的高興了。

老劉出來，見兩個門衛連門都不給周宣開，氣惱地道：

「你們知道他是誰嗎？他就是我們的老闆周先生，是周濤周瑩的親哥哥，周氏所有公司的大老闆，這裏所有東西都是屬於他的，到自己家來，你們還不給開門……」

兩個門衛自然是嚇得傻呆呆的，周宣擺擺手，笑笑道：

「老劉，沒那麼嚴重，他們工作很負責，又沒有對我怎麼樣，只是要我按程序來，這是對的，我得獎勵他們才對，怎麼還責備他們呢。呵呵，沒關係沒關係。」

老劉認識周宣一年多了，知道周宣性格溫和，心地也好，也就不再多說，自去把大鐵門的電源按鈕打開，把門開了，讓周宣把車開進去。

兩個門衛確實嚇到了，連這個應該做的工作都忘了，等到周宣把車開進去，才記起來，趕緊又把門關上。

把車開到解石廠房的門口處，周宣才停下來，拖了箱子下車，老劉師傅過來幫手，兩個人把箱子抬進廠裏。

「小周，這箱子裏又裝了好東西吧？」

老劉在人面前叫周宣爲周總，但大部分時候還是喜歡稱呼他爲小周，親切一些，而且周宣自己也喜歡他這麼叫。

周宣笑笑道：「我也搞不清楚是不是好東西，在雲南淘回來的，在家放了幾天，今天才想起來，所以就過來讓老劉師傅解解看，看裏面的東西有沒有價值。」

周宣也沒有瞞老劉，直接承認了裏面有東西。

通常周宣單獨拿來的東西，那價值就是非同小可的，所以現在即使這麼說，老劉也都是認為，箱子中的東西，價值絕是極高的。

拖到解石廠裏，車間中原來有五臺解石機，後來工作量大了，又增加了十五臺，一共是二十臺解石機器。上周周宣採購的毛料運回來後，老劉給這麼大的量嚇到了，當即又招人添加了一臺解石機器，現在總共是有三十八臺解石機器。

車間中到處都響著機器工作的聲音，沒有空閒的，老劉自己也在車間裏工作，如果不是周宣親自打電話給他，他都不會離開車間。

兩個人把箱子抬到了最裏邊的老車間處，老劉仍然在這個地方工作，把箱子打開，強光燈下，老劉見這塊石頭表層的蟲子化石影，怔了一下，這種化石石料，他可沒有見過。

「這個……小周，你要怎麼來解？」老劉怔了怔後又問周宣。

周宣順手把一旁臺子上的水筆拿起來，在這塊石頭上劃了幾條線，然後說道：

「老劉師傅，就這麼切吧，切出來後，就需要細緻的工作了。」

老劉見周宣畫的這幾條線，看來周宣是要他在石料外層直接一刀打開。

從去年認識，到後來加入周宣的陣營，老劉對周宣的個人能力是不容置疑的。要換了以前，他還會提出一些解石意見，但現在他卻是什麼都不說了，因為他知道周宣雖然年輕，但在玉石上的經驗比他只高不低，而事實也證明了他的看法。

老劉把石塊搬到解石臺上，先固定了位置，然後把解石砂輪刀片對準了石頭上的畫線，

開動機器後，一刀小心切下。

把電源關掉後，老劉先檢查了一下切面，果然，石料中間的部位已經出現了巴掌大的一塊綠層，而且不是翡翠的綠意，而翡翠體的真正表層，也就是說，這一刀就切到了翡翠的表層皮膚處，恰恰切到好處，一點都沒有傷到本體，如果再少切一分的話，那就需要再多切一刀。

老劉雖然知道周宣的經驗和能力比他還要強得多，但還是著實吃了一驚，周宣當真是個奇才啊。

從露出的這一團表層面來看，翡翠的品質應該不差，要看清楚質地和水頭，還得再切開擦一下。把沾著的石粉擦掉，就這表層的顏色來看，那就是極好的極品翡翠色澤，從這一點看，老劉就知道，石頭裏的翡翠是凡品了。

不用周宣再吩咐，老劉又把另外的幾面沿著周宣畫的線切下去，等到這塊毛料的外層都切去後，大致裏面的體形就出來了：大約三十多釐米的直徑，一團碧綠的色彩，如同一個綠色的球體一般，不是很圓，但色澤極佳。水汪汪的，彷彿剛從水裏拿出來一般。

老劉不禁嘆道：

「小周老闆，這東西……毫無疑問，是個寶貝啊。」

周宣嘿嘿一笑，然後說道：「老劉師傅，再擦擦看，再擦擦看。」

因爲現在翡翠本體上還有太多的石體沾著，看不到裏面的情形，周宣自己是明白的，本體裏面還有十幾條蟲子，這個奇異的景象，老劉還沒看到呢，要是他看到，又會是怎樣的說法呢？

老劉見周宣毫不動容，微笑著讓他再擦石，也笑笑點頭，然後把這一團翡翠料拿到另一臺打磨的細砂輪機上，開動機器，慢慢細緻又小心地打磨起來。

半個小時後，老劉把毛料石初步打磨出來，把本體上沾的大部分石屑打磨掉了。

這個東西要完全打磨出來，得花十幾天，不過現在大致上是能看到這塊翡翠的情況了。

在強光燈的照射下，老劉把它拿在手中仔細地看了起來，張了口驚訝地說道：

「奇怪，奇怪……」

因爲這個時候，老劉也看到了翡翠裏面的奇怪現象，一條條蠶蟲般的東西在翡翠裏面，栩栩如生，活靈活現的樣子，著實讓人稱奇。

「這樣的翡翠，我還真是從沒見過，就是聽都沒聽說過，奇怪奇怪……」老劉驚奇地嘆了起來。

這塊翡翠的透明度極高，幾乎可以完全看清楚裏面蟲子的形狀，而且色澤也極好，綠得誘人，水頭同樣好，拿在手中就是溫潤的感覺，看起來表層就好像要滴出水來的樣子。這水頭，色澤，透明度，都完全達到了最好的翡翠條件，但就是裏面多了這十來條蟲子。

老劉呆了一陣，然後對周宣說道：

「小周老闆，這個東西很古怪，我也說不清是怎麼回事，但我估計應該是有價值的，不過要做成工藝首飾的話，就不大可能了，只能做觀賞類的石材了。」

不能做成首飾品，那價值就會大打折扣，這個道理，老劉懂，周宣更懂。不過周宣把這個東西拿回來，本就沒想要它能賺什麼錢，只是見到沒見過的東西好奇而已，反正他又不在乎金錢。

想了想，周宣把翡翠從老劉手中接過來，然後說道：

「老劉，我看就不用細磨了。我先拿到古玩店那邊讓老吳看看，如果有需要，我再拿回來給你打磨，實在沒什麼價值，我就拿回家擺著當觀賞物了。」

「呵呵，我想它應該比一般的觀賞物有價值得多吧？」老劉苦笑著回答，但話意中明顯對這塊翡翠的估計弱了。

周宣自然不會失望，自己早就知道的，只不過弄回來了就要把它解出來，好歹看看也好，總比把它扔在角落中當廢石不理好。要是像楊天成那樣繼續把它當假山石，那是可惜了，雖然其中包含了蟲子雜質，但玉的本身質地還是很高的。

拉來的時候是塊大石頭，但回去時就變成了一小塊翡翠了。老劉找了一個小盒子，裏面有軟襯物，以免碰撞摔跌把翡翠弄壞掉。

再出去時，兩個門衛恭恭敬敬對周宣敬了一個禮，把大門開了，等到周宣的車開了很遠，那兩個門衛還挺直地站在那裏目送著。

周宣笑了笑，搖了搖頭。

回市區就快多了，在古玩店外面的停車場把車停好了。

周宣拿著盒子往店裏去。店裏有幾個客人，老吳在，張老大卻不在，老爸周蒼松和幾個店員夥計正在清理著倉庫裏的貨物。

周宣見老吳正在鑑定一個客人拿來要賣掉的古瓷碗，也不打擾他，在茶几邊坐下來等待，一邊又運異能探測了一下老吳鑑定著的瓷碗。

那是個假貨，年份連十年都沒有，做假的手法算是中等，表面做舊了些。

老吳看了一會兒，然後把碗輕輕推到那個客人面前，淡淡道：

「這個碗，您還是先拿到別家店看有沒有要收的，我們店就……呵呵……」

話雖沒說得很明顯，但意思卻很明白，這東西我們是不要的。

那客人嘀咕著：「好東西不要？不要我拿別家店賣了……」臉上一副悻悻的表情。

老吳微笑不語，那客人只得拿了碗，不高興地走出店門。

老吳這才轉過頭來，對周宣道：「你來了一會兒吧？」當看到周宣面前的茶几上放了一

隻盒子，當即喜道：「有好東西了？」

周宣苦笑道：「老吳叔啊，哪有那麼多的好東西呢？就是拿過來讓你看一下，因爲我沒見過這樣的翡翠……」

「哦……」

老吳詫了一下，然後把盒子拉到面前，把蓋子打開，一眼看到盒子裏的翡翠後，眼睛亮了一下，趕緊把翡翠取出來拿到眼前細細察看。當看到裏面的蟲子時，眉頭都緊緊皺起來，翻看了一陣，然後又偏頭想起來，苦苦思索的樣子，讓周宣都不好意思出聲，怕打擾到他思考。

沉吟了半天，老吳才遲疑地問道：

「這個東西，你是怎麼得來的？」

周宣攤攤手道：「在瑞麗，一個富翁從緬甸買回來後，把它堆在假山中，當觀賞石，我把它要了回來。剛剛在解石廠解出來的，老劉師傅認不出，我就拿過來讓你看看了。」

聽了周宣的話，老吳可以完全摒除是人爲造假的可能了，因爲再怎麼造假，基本上也不會造到石頭裏面去，而且周宣也絕不會說謊話，這一點，老吳是絕對肯定的。

「這個東西，我猜測有可能是『琥珀翡翠』。」

第一四四章

潛規則

楊薇差點快要樂暈了，別墅的提成遠高於一般房子，

現在周宣一下子要買兩套，楊薇哪能不高興？

而且又不像別的顧客，有的買家很懂得運用潛規則的，

售樓小姐不賠上點色相肉體，哪有那麼輕易就能賣出去？

老吳沉吟著，說了這麼一個奇怪的名稱，然後又說道：

「當然，不是說它的形成跟琥珀一樣，只是說外形上是差不多的，但形成的過程卻是完全不一樣的。琥珀的形成，是樹脂偶然性滴落吞沒了小動物，而這塊翡翠的形成，就完全不是那樣了，這些翡翠裏面的蟲子，叫滑石蟲，樣子跟蠶差不多，這些蟲子早已經滅絕了，牠們生存的年代是距今六千萬年以前的年代，是通過腐蝕堅石類的物質來取得食物的。

這種滑石蟲，科學家們只在化石中見到過，你這塊翡翠對於滑石蟲研究有極大的幫助，當然，它的意義不只是對滑石蟲的瞭解，更能因爲滑石蟲而瞭解到那個年代的動植物形成和毀滅的過程，對於史學來講，有著無與比擬的價值。」

聽到老吳說了這麼一大堆，周宣笑了笑道：

「有點價值也好，不枉費我從這麼遠的地方運回來了。有史學價值的話，吳老，我看你就替我把這塊東西捐給國家的史學研究機構吧。」

老吳一怔，有些詫異地問道：

「小周，你可知道這塊翡翠的價值？可別以爲不能製作成首飾工藝品就不值錢，實際上，它的價值並不比做首飾的價值低。以我估計，這塊翡翠的價值最少值一億左右，你還要捐嗎？」

「捐。」周宣毫不猶豫地說著，「這東西我拿著沒有太大的價值的話，那就不如把它送到更有價值的地方去。吳老，你也知道，我並不缺錢，能做點貢獻的時候，就做吧。」

周宣這次爲了個毒販而去了南方幾天，但卻也因爲這件事而又賺回了二十多億的現金，想想都覺得沒有刺激感了。

一年多以前，他還是爲了賺錢而活著，而現在卻是爲了家人而活著，對周宣來說，錢已經不是事了。

老吳也嘆息了一聲，與周宣相交越久，越覺得他這個人不錯，自己爲了他在這個店裏混著餘生，也覺得値得。

跟著，店裏又有一個客人要買一件古董，老吳便上前介紹。周宣便到後間裏閒逛，跟老爸又聊了一陣，周蒼松笑容滿面地跟兒子介紹這個又介紹那個，跟幾個夥計也是有說有笑的，顯得很融洽。

周宣覺得父親過得很充實，很滿意，不禁笑笑著問道：「爸，如果現在我們一家人再回到老家，你願意嗎？以前的生活能重新繼續嗎？」

周蒼松一怔，隨即嚴肅起來，沉默了好一陣子才說道：

「兒子，是不是發生了什麼事情？有困難嗎？如果要回老家去，也沒有什麼，我只要你們三兄妹過得好，我就沒有任何的遺憾，有沒有錢，我覺得都無所謂。」

周宣擺擺手，搖搖頭，趕緊說道：「爸，沒那回事，我就是看到你過得很開心，才那麼

問的，放心吧，我們沒有任何的問題。」

周蒼松這才放了心，兒子是個不會撒謊的人，這個他是知道的。只要不是家裏或者兒子遇到了不可解決的難事就好，哪怕他現在幹得開心，幹得充實，但那都是在給兒子們守家，無論財產有多大，如果要拿來跟兒女們的安全交換的話，周蒼松立馬會選擇兒女，回老家種橘子也不是什麼大不了的事。

見左右沒有人了，周蒼松又放低了聲音對兒子說道：

「兒子，有件事要跟你說一下，李爲的爸媽爺爺前一天請我到他們家去，李家老爺子的意思是，李爲和周瑩也相處這麼久了，天天膩在我們家也不是個事，想給他們把婚事辦了，給了我兩個日子，一個是七月十八，一個是八月初五，我跟你媽也商量了一下，你媽說要你決定，你現在是弟妹的家長身分，他們的事得由你拿主意，你覺得哪個時間比較好？」

周宣偏頭想了想，然後說道：

「爸，我看結婚的時間不如早點好，就七月十八吧，人家的女兒，嫁了就是別人家的人了，但我們家不一樣，妹妹嫁與不嫁都一樣，她永遠都是我妹妹。爸，現在兒子有那個能力，妹妹想在哪兒生活，想在哪兒住都可以，李家也不缺他掙的錢來養家。」

現在是六月二十五了，七月十八結婚的話，只有一個月不到的時間，周蒼松想了想也就點頭應允了，也沒什麼好準備的，現在家裏也不缺錢。

周宣忽然又問道：「爸，妹妹結婚了，那周濤到底是什麼想法？得把他的事也辦好了我才放心，李麗家有沒有意見？要是沒有，我想不如就在七月十八，給弟妹一起把婚事辦了。」

聽到兒子這樣說，周蒼松呆了呆，覺得很突然，但也未嘗不可以，愣了愣後才說道：

「周濤的事比較麻煩一點，因爲小麗家裏的問題，她父母身體不是太好，家裏經濟也不是太寬裕，前幾個月，小麗又買了房子，是想給她爸媽有個住處。我本想叫周濤給她們家直接買一間房子得了，但小麗的父母不同意，尤其是她爸，很倔強的一個人，說是他的命是你救的，女兒跟周濤好，他們父母沒有意見，但他們兩個大人不想成爲兒女的負擔。

小麗又不想父母孤單獨住，我想她就是擔心她們家這個事，所以才拖了下來。其實我怎麼不著急啊，你弟弟今年二十五，年紀也不小了，現在又不像在老家，我們還需要準備新房禮金，家裏有現成的條件，媳婦娶進門也住得下，或是重新買房子也不是難事。」

周宣摸了摸頭想了想，然後對周蒼松說道：

「爸，我看這件事也不是沒有辦法，這樣好不好？妹妹結婚後，肯定還是要以李家爲主，周濤呢，我幫他買棟房子吧，公司給他的股份，再加上他的薪水，年收入已經過億了，生活是不成問題的，我們家有兩兄弟，也要替人家小麗家想一想嘛，我看不如讓周濤和小麗結婚後搬出去住，然後讓他把小麗的父母接過來一起住，由他來負責照顧小麗的父母。爸，

你說行不行？」

周蒼松沉默了一下，點了點頭，說道：「行，就按你說的辦吧。我看這件事，還得由我們家裏人出面，到小麗家跟她父母談一談，也要尊重一下人家才行。」

「爸，只要你和媽同意，這事就交給我來辦吧。」周宣擺擺手，把事攬下來，然後起身道：「既然這麼決定了，那我就把這件事辦妥了，讓弟弟也好安心成家。最近我在忙別的事，也沒考慮弟妹的事，我看這幾天我就專門花點時間來把弟弟妹妹的事處理好，讓弟弟妹妹趕快結婚了，也讓你們二老放下心來。」

「那好，就按你說的辦，我跟你媽沒意見，你就不用再考慮了，基本上，你說了算就是。你是弟妹的親哥哥，這份大家業也是你掙出來的，你比我們還疼愛弟妹，事事都給他們安排好了，我跟你媽其實都沒操過什麼心的，你就安排吧。」周蒼松點著頭讓兒子去辦這事。

周宣出了店，到停車場把車開了，想了想，沒有到李麗的家去，而是開車到周氏珠寶的總部大樓下，把車停下來後，然後才拿出手機給李麗打了個電話。

電話一通，周宣便問道：「小麗，在上班吧？」

「是啊，大哥，你找我有事嗎？」

李麗很詫異，周宣極少給她單獨打過電話，這一下忽然接到周宣的電話，便惴惴不安起來，不知道會是什麼事。

「我就在公司大樓下面，你別告訴周濤，悄悄下來，我找你有事。」周宣把話一說，也不給李麗詢問的機會，直接把電話掛斷，然後坐在車裏等待著。

大約過了兩三分鐘，周宣便見到李麗氣喘吁吁地從大樓裡走出來，四下尋找著。

穿著深色制服的李麗顯得很俏麗端莊，臉上有點焦慮，探頭在左右的行人中尋找著周宣。

周宣把頭伸出車窗，向李麗招了招手，說道：「小麗，這邊。」

李麗聽到周宣的聲音，看到了停在路邊的奧迪車，怔了一下，當即奔了過來，到了車旁才停下來，怯生生地道：「大哥，你……你找我有什麼事？」

「上車。」周宣指指後邊，對李麗吩咐著。

李麗又呆了一下，猶豫著開了車門，然後上了車，等到她把車門關上後，周宣便開了車。到公路上後，李麗不知道周宣要帶她到哪裡去，心裏有些慌，然後終是忍不住說道：

「大哥，我……我還在上班呢。」

周宣淡淡一笑道：「我是老闆，我讓你不上班，有沒有這個權力？」

李麗啞然失笑，的確是，周宣是公司的老闆，他說的話那還能不算數？

在公司裏，李麗現在負責財務部，是公司的財務總監，周濤身分比她高，但在公司裏擔任的職務卻是比她低，在財務部協助李麗。

周瑩是在行政部擔任副經理，而周瑩和周濤都是公司董事，又各自擁有百分之十的股份，實際上在公司裏，除了周宣外，就是周濤、周瑩更有發言權，總經理許俊誠也凡事都會跟他們商量著辦。

李麗對周宣這個救她父親性命的恩人，一直是又感激又敬重，後來又成了他弟弟的女朋友，人家這種富豪身分的家庭，上上下下都沒有嫌棄過她清貧的家庭身分，她自然很感恩，只是跟周宣少有接觸，對周宣還是感恩尊重多一些，少一些親人的感情。

今天又不知道周宣要帶她到哪裡去，也不知道是什麼事，但看周宣又是默不作聲地開著車，也不敢開口問，只是規規矩矩坐在車裏。

過了一會兒，周宣一邊開車，一邊出聲問道：

「小麗，今天大哥就問你一句話，你可得老老實實告訴我。」

李麗聽周宣說得嚴肅鄭重，嚇得臉色一白，顫聲道：

「大哥……你說什麼？……我什麼都是老實話……」

周宣看李麗嚇得要命，當即笑道：「小麗，別緊張，我不是嚇你，我只是問一下事，別害怕，大哥又不是老虎。」

李麗對周宣的笑話也輕鬆不起來，只是挺了挺身子，輕輕「嗯」了一聲。

「小麗，我問你。」周宣沉吟了一下，然後說道，「你對我弟弟的感情是真的嗎？」

李麗奇怪地看了一下周宣，想了想，還是很認真地點了點頭，低聲道：「是，我是真的喜歡周濤，他人好，善良，身上沒有一丁點富家子弟的紈褲習慣。」

「那就好，那就好。」周宣得到李麗的確切回答後，一邊點著頭，一邊又說道，「小麗，既然你是真喜歡周濤，那大哥我就作主了，下個月，也就是七月十八，你倆就結婚。等會兒我跟你到你們家裏，向你父母談談，把事情定下來，老是這麼拖著也不是個事。」

李麗大吃一驚，很是狼狽的手足失措，「大哥……你……你……怎麼能這樣呢？我……我……現在還不……不能……」

周宣手一擺，直接道：「小麗，你不用說了，我什麼都明白，以前是大哥太忙，分心別的事，忘了你們的事，這次我專門要把你們的事辦了，七月十八，周瑩跟李爲結婚，我想就同一個日子，一邊嫁妹妹，一邊娶弟媳，挺好。」

李麗臉紅耳赤，又手足無措，一時不知道要說什麼好。

周宣把車開到了宏城廣場，李麗以爲他是要回家，跟父母把這事攤牌說出來，腦子中傻傻的不知道想什麼了。

但周宣把車卻停在廣場上，並沒有回社區裏面，把車門一開，然後對李麗說道：「小

麗，下車。」

李麗怯生生下了車，咬著唇，不知道周宣到底要幹什麼，周宣也沒有理會她，只是在前面走，李麗只得跟著過去。

周宣直接進了銷售中心，裏面的售屋小姐一見到周宣，就笑面如花地迎了上來。

那經理認得周宣，去年在她手中買了現在居住的那棟別墅，別看周宣年輕，卻是個真正的大富豪。

靚麗的售屋小姐趕緊給周宣和李麗拿了飲料，請他們到臺子邊坐下，那漂亮的女經理也趕緊出來，笑問道：「周先生，怎麼想起了到我這兒來坐坐？」

周宣擺擺手，微笑道：「趕緊給我介紹一套房子吧，獨立別墅，揀好的給我看看戶型。」

那女經理一怔，隨即醒悟過來，馬上招呼屬下把戶型手冊拿過來給她，接著又遞給周宣道：「周先生，您看看。」

一邊又偷偷瞄了瞄李麗，見李麗跟她們一樣，還穿著公司制服，相貌靚麗，氣質也不錯，也不知道是周宣什麼人，不過，她是認識周宣的妻子傅盈的，傅盈那絕色的容貌就不用說了，她不覺得周宣會背叛傅盈，所以此時，話也不敢亂說。

李麗規規矩矩坐著，一句話不說，這也是因爲李麗來周宣家裏來去都是坐在車裏，平時又沒有空在宏城廣場閒逛，所以這女經理不認識她。

女經理見周宣翻開手冊後，馬上介紹道：

「周先生，這是第三期的六十套限量別墅，跟您去年買的那戶型基本上差不多，不過今年的物價上漲，房價也上漲了，價格就要貴得多。一種是毛坯房，有四十五套，一種是高檔豪華裝修房，有十五套，一切裝修設施齊全，包括室內電器，一應俱全，且全部是國際名牌產品，品質認證，不知道周先生是要哪一類？」

周宣點點頭，問了一下：

「毛坯房裝修，最快要多少時間？」

「最快也要兩個月左右。」女經理回答著，「因爲裝修房子就跟買新車一樣，裏面有一定的有害氣體，需要一段時間才能排除散發完。」

「那好，你馬上帶我去看裝修好的房子。」周宣站起身吩咐著，毛坯房要裝修兩個月，那時間就肯定是不夠的，直接排除。

那女經理當即欣喜的也站起身，又對李麗說道：「這位小姐是……」

「她叫李麗，我弟妹，我弟弟的女朋友，馬上要結婚了。」周宣隨口向她介紹了一下，反正以後李麗會住到這社區裏，把名字說出來也沒有關係。

女經理趕緊熱情地拉著她的手：「李小姐，你好漂亮，在哪裡上班？」

李麗拘謹地道：「在周氏珠寶。」

女經理因職業需要，又是女性，對現下出名的珠寶首飾公司自然熟得很，周氏珠寶現今如日中天，很多新穎和高質的首飾讓消費者追捧，女經理便是那一類人群之一，聽到李麗竟然是周氏珠寶公司的職員，一邊走，一邊笑道：

「哦，周氏珠寶啊，那可是很有名氣的珠寶公司，李小姐，可不可以給我辦個打折的會員卡啊？」

李麗臉一紅，瞧了瞧周宣，怯怯地道：「我……我只是公司的財務總監，不管賣場業務，這個……」

那女經理一聽說李麗是周氏珠寶的財務總監，這個職位之高，她可是明白的，不禁怔了怔，李麗像麼？再說，那麼大一間公司的財務總監，就算不是管現場賣場部的，說一句話那也管用啊，怎麼可能會是這個態度？那自然是因為有周宣在場了。

周宣呵呵一笑，說道：「這個沒問題，你想要什麼，我給你五折，我跟他們公司的老闆很熟，說一聲就行了。」

「真的？」那女經理大喜，一邊招手讓看房部的司機把接駁車開過來，一邊又對周宣連連道：「周先生，您可要說話算話啊，我找時間跟您過去。」

周宣笑笑不語，那女經理又偏著頭問道：「周先生，還記得我叫什麼名字嗎？只怕您是貴人多忘事，記不得我了吧？」

周宣嘿嘿一笑，回憶了一下，然後沉吟道：「你是叫……楊……楊薇吧？是不是啊，楊經理？」

「格格格……」楊薇格格笑著道，「您的記性還真好。」

周宣又問道：「上次那個肖小姐，叫肖盈的那個女孩子還在嗎？」

楊薇搖搖頭道：「沒了，走了，聽說嫁了個富翁，反正是沒見到過了，唉，不像我這樣的老姑婆，都沒人要了。」

周宣笑笑道：「楊小姐長得這麼漂亮，又怎麼會沒有人要呢？只怕是眼光太高，一般人你都看不上吧。」

楊薇苦笑著，正要說什麼，司機開著車過來了，便請周宣和李麗上車，然後開著車往三期工程的樓房過去，進入一片綠葉茂林的綠蔭道中。

這邊的設置比周宣那棟別墅區域的只有更豪華高檔，每一棟間隔距離更寬，幾乎有近三百米遠，私家花園更是多達兩千平方。

本來到這邊來看房是要交付一萬元的訂金的，不過楊薇知道周宣有錢，來頭又大，索性大方地請他來，什麼也不提，只當是給他開了個後門。再說，周宣還答應給她到周氏珠寶五折的會員卡呢。

坐在車上，楊薇一邊指著別墅區域，一邊又介紹著：

「周先生，這邊的別墅，一共是十五套，全是樣品屋的設計，一切都是按最高檔的配置來的。從一到十五，已經訂出了六套，剛剛還有個客人看了八號別墅，不過因爲八號別墅位置好，號數又吉利，價錢上就比其他別墅又貴了近一千萬，所以沒說好，還在談價錢，周先生，您想要幾號房？」

按楊薇的說法，一號到六號都是訂了的，算是賣了，只有七到十五號別墅了，當即想也不想地道：「就八號吧，去看看八號別墅。我去年買二期的，就是八號，這號碼挺好的，價錢怎麼樣？」

李麗坐在兩人後面的座位上默不作聲，心想周宣來看房買房，把她帶過來幹嘛？她是做財務的，難道要她來算算細賬，別讓人虧了他？

楊薇當即讓司機在八號別墅門口停了下來，然後請周宣和李麗下車，司機坐在車上等候。

大門口進左側是一個兩百平方左右的游泳池，右邊是個獨立車庫。

楊薇很得意地說：

「周先生，這十五套房都是國際名師設計的，用的是高端裝飾，室內設置一應俱全，每一棟占地都是四百八十平方，總建築面積一千三百多平方，有室內健身房，室內游泳池，娛樂室，房間一共是二十二間，四個車庫。室外兩百平方的私家游泳池，兩千平方的私家花園。除了八號別墅是九千八百八十八萬元外，其他別墅是八千八百八十八萬元，而另外三十五套毛坯房，因為沒裝修，地理位置又稍差些，建築面積也稍小一點，平均價是三千八百八十八萬，您看……」

李麗跟著走進了別墅裏面，此刻已經看花了眼。在周宣那棟別墅裏便已經覺得跟皇宮一般了，但這兒的配置傢俬比周宣那邊還要豪華，房間又大，不過一聽到價錢是九千八百八十八萬時，不禁張圓了嘴合不攏來。

她現在周氏珠寶做財務總監，因為關係不同了，周宣給她的工資是年薪一百五十萬，這在她的同學中，算是最高的薪水了，一月有十多萬元的收入，這讓她覺得好像忽然一下子飛上天了一般，覺得生活很美好，但現在一聽到楊薇介紹的這個房價，不禁驚訝不已。

這個別墅，如果是她來買，不吃不喝，以她百多萬的高薪也要六十年，看來富人的生活，還不是她能想像的。

楊薇見周宣並沒有說什麼，只是讓她帶著他和李麗上上下下地看了一遍，到頂層的陽臺上，周宣才問李麗：「小麗，這房子怎麼樣？」

李麗只是咋舌：「漂亮，豪華，比大哥那棟別墅都還要高檔，大哥，你是想要搬家了嗎？」

周宣搖搖頭笑道：「我不搬，小麗，怎麼樣，喜歡這房子嗎？」

李麗搖搖頭，「這房子哪裡是給人住的，這是給皇帝住的，我可不敢喜歡，這樣的房子，買不起也住不起。」

楊薇不知道周宣是什麼意思，聽李麗在旁邊說這些話，也不知道該怎麼說。

周宣笑著道：「小麗，只要你喜歡就好。」然後側頭對楊薇道：「楊小姐，另外的別墅都跟這一套一樣吧？」

楊薇點點頭回答道：「是一樣的，就是這一棟位置最好，坐北朝南。」

周宣點點頭，然後說道：「那行，我就要八號九號，走吧，回去你辦公室辦手續。」

楊薇和李麗都吃了一驚，尤其是楊薇，有些不相信，她什麼都沒說，周宣便一下子說要兩套，而且都是這種頂級的別墅。

看著楊薇呆愣著的表情，周宣笑道：「怎麼，楊小姐，不想賣是不是？不想賣的話，那我就只能到別家去買了。」

「不是不是……」楊薇紅了臉趕緊回答著，一邊急急領著周宣和李麗下樓，一邊又訕訕道：「周先生，我實在是不相信，如今房市有些低迷，國家又訂出了許多打房政策，尤其是對我們這種高級別墅打擊最大，我可是真沒想到您能一下子要兩套，這個……我……」

想了想又道：「周先生，要不我先找我們老總，讓他給個折扣……」說著，就掏出了手機來準備打電話。

周宣擺擺手道：「楊小姐，不必了，打了折扣，你的抽成想必也要少了些吧？呵呵，就當是對楊小姐給點好處吧，就原價，不用講價打折扣，走吧，到你辦公室，我直接轉賬到你們賬上。」

楊薇差點快要樂暈了，她們這三期的別墅提成有百分之三，當然，如果打了折扣，提成就要相應的扣除一些，而且別墅的提成遠高於一般房子，所以對於這些限量的別墅，她們沒有一個人不想賣出去，但動則成千過億的，也很難賣出一套，就看哪個售樓小姐有運氣了。

但現在周宣卻一下子要買兩套，楊薇哪能不高興？而且不像別的顧客，有的買家很懂得運用潛規則的，售樓小姐不賠上點色相肉體，哪有那麼輕易就能賣出去？

做售樓小姐的，行內人都是明白的，提成是高，但那都是用色相肉體換來的，等到年輕時賺夠了錢，就不會幹這一行了，嫁個老公過安靜日子。

周宣要這兩套房，一共是一億八千多萬的價錢，不打折扣的提成就有五百四十萬，有這一筆錢，她可真能退休了。

只是李麗就想不通了，周宣要買房換房，那買一套就夠了吧，怎麼會一下子就買兩套？

司機恭敬地等周宣和李麗上車，最後是楊薇坐上車，李麗還是坐在了周宣身後的座位上，楊薇也就趁勢坐到周宣旁邊。

回到售樓部後，楊薇直接把周宣和李麗請到了她的辦公室裏面，周宣也不問別的，她乾脆就把購房合約拿了出來。

周宣對李麗說道：「小麗，你身分證帶了沒？」

李麗一怔，然後從皮包裏面把錢包取出來，把身分證拿出來遞給周宣，問道：「大哥，要我幫你算賬嗎？」

「算什麼賬啊？」周宣呵呵一笑，把李麗的身分證遞給楊薇，說道：「房產證上面寫她的名字，另一套寫周瑩的名字。」

李麗又吃了一驚，甚至是有些發呆，怔了片刻後才說道：

「大哥，你……你……幹嘛要寫我的名字？不是你買房嗎？」

周宣笑笑道：「我買什麼房？我住得好好的，要搬我可嫌麻煩，再說你嫂子要生了，不適宜亂動，這房子，是給你和周瑩買的，是給你們結婚用的，算是大哥給的一份禮物吧。」

李麗驚得目瞪口呆，好半天才結結巴巴地說道：「大……大哥……這個……我我……我不能要……」

「你不要？那你跟我弟弟結婚了住哪裡？」周宣笑笑又道，「我們家當然不反對你們住進來，但是你肯定不是很願意，對不對？我知道你是擔心你父母，我跟爸媽都商量好了，你們結婚就住在這房子裏，把你爸媽也接過來一起住，由周濤來養你爸媽，這是他應該做的。」

李麗這才知道周宣今天爲什麼把她帶出來了，原來是要給她買這個房子。周濤一家人都好，但再好，也不能把自己的父母接到周家裏去啊，所以一直都爲這件事耽擱著，而周濤又是個孝子，一切聽父母和哥哥的，父母肯定不會讓他入贅當上門女婿，所以也就沉默不出聲，一直拖著。

而周宣此時的意思就是，讓周濤跟她結婚後當上門女婿，但房子卻是周宣出，讓他們把父母接到一起住。

一時間，李麗只覺得眼睛發熱，心也發熱，眼淚不爭氣地嘩嘩往下流。

第一四五章

喜事成雙

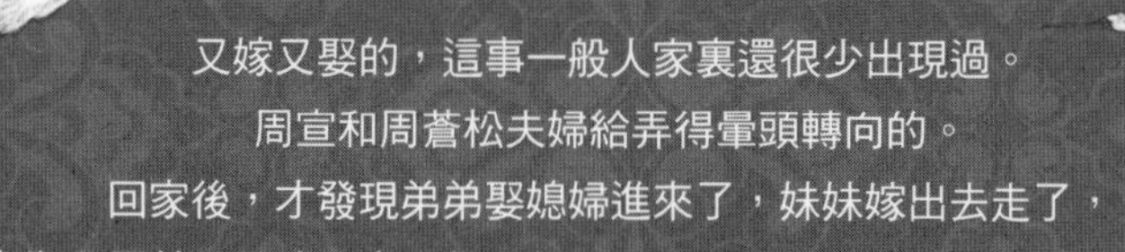

又嫁又娶的，這事一般人家裏還很少出現過。

周宣和周蒼松夫婦給弄得暈頭轉向的。

回家後，才發現弟弟娶媳婦進來了，妹妹嫁出去走了，

李為和周瑩、周濤和李麗都在他們各自的別墅中，總算安靜了下來。

周宣笑道：「傻妹子，哭什麼哭呢？以後你就是我妹妹，我這個當哥哥的，自然不能讓你不開心了，當兒女的養老人，本就是應該的，有什麼好說的？咱家爸媽有我這個哥呢，所以周濤就更應該養你爸媽了。」

「大哥……」李麗再也忍不住，抽泣著撲進周宣懷中，嚎淘大哭起來。

「別哭別哭，大哥就只買了一套房子你就這樣，楊小姐看著笑話呢。」周宣輕輕拍著李麗的肩膀，一邊安慰著。

楊薇很識趣地抽了幾張紙巾遞過來，羨慕道：「笑話什麼呢，我真羨慕你有個好哥哥啊，我呢，是個命苦的人，什麼都只能靠自己。」

周宣又安慰著：「別哭別哭，你又不是不知道，你大哥缺什麼就是不缺錢呢。」

這話雖然是有些炫耀，但卻是周宣自己當笑話說的，李麗和楊薇都不禁笑了起來。李麗趕緊拿紙巾擦拭淚水，費了好一大堆紙巾，把楊薇的紙簍都快裝滿了。

過了片刻，李麗止住了激動的心情，這才低低地說道：「大哥，這……房子也太貴了吧？」

「貴什麼貴，不貴，一點都不貴。」周宣微笑道：「這次你大哥我到南方，幾天就賺了二十多億現金，給你們買棟房子，是應該的。」

李麗知道周宣身家不得了，但也想不到周宣能在幾天就賺二十多億，讓她和楊薇都瞠目結舌的。

李麗也知道自己這個大哥是不撒謊的，他說的話絕對是真的，換了別人還興許會懷疑，但她就明白，肯定是真的。

周濤跟周瑩兩兄妹結婚，周宣一人一棟房子，兩者相差不大，但八號別墅位置更好一些，價錢就貴了一千萬。

李麗想了想說道：「大哥，還是把八號房給妹妹吧，我們就住九號別墅吧。」既然周宣已經決定買了，而且又不吃力，李麗也就接受他的好意。

其實不論她怎麼想，周宣都是要買這房子的。

再說，以周宣給弟妹的公司股份，那就遠不止這個錢了。高達幾十億的公司股份，再加上他們各自領的薪水，一年的收入就過億了。以現在公司的高速發展狀態，只怕幾年後的收益會更大。一年幾億的分紅，住這樣的別墅也不是難事。只是周宣想得太周到了，讓李麗不由得不感動，能跟周宣家搭上關係，是她的福氣，也是她們全家的福氣。

把購房的手續辦好，周宣又拿出銀行卡直接轉賬，全額付款。

楊薇是喜悅不盡，這樣的買家百年難遇啊。

把手續都辦好後，楊薇又對周宣介紹道：「周先生，房產證要在兩個月內才能辦好，這是必經的過程，沒辦法的。」

周宣搖搖頭，「沒關係，儘量辦就是了，這個我明白。」

楊薇又把那兩棟別墅的鑰匙交給了周宣，「周先生，兩棟房子的大門鑰匙，您收好了。」

周宣接了過來，看了看，把上面貼著八號標籤的鑰匙遞給了李麗，說道：

「小麗，這段時間也不要太累了，不夠人就招人嘛，咱們自己家的公司，怕什麼，無非就是自己少賺點錢嘛，別怕自己弄得那麼累。」

周宣這一下無意中說漏了嘴，楊薇一聽說「咱們自己的公司」，才知道原來周宣就是周氏公司的人，不是老闆就是老闆的家人，但看他的樣子和氣概，只怕他就是公司老闆了，否則哪有這麼大氣？原先周宣說給她五折的周氏珠寶公司的會員卡，看來是真的了。

周宣看到楊薇的表情，當即想起了自己開始說的話，想了想便對李麗吩咐道：「小麗，你給楊小姐留個名片吧，給她辦個五折的貴賓卡，這事就交給你了。」

有周宣開口吩咐的事，李麗自然不會說反對的話，再說，這也是周宣親口答應了別人的事，這個大哥，一向是言出必行的人。

「嗯，我知道了，大哥，明天就給辦。」李麗說完又對楊薇說道，「楊小姐，等一下你把身分證的影本給我一份，我回去給你辦理，明天我再貴賓卡送過來，我們的貴賓卡是可以在我們全國的七十一家分店中任何一家店都以五折的價錢購買珠寶的。」

楊薇大喜，這就是等於送給了她一半的利潤啊，很多朋友同事都想到周氏去購買高檔首飾，要是自己用貴賓卡幫她們買了，就算只收七成的價錢，那自己也可以賺兩成的跑路費吧。

周宣和李麗從楊薇辦公室裏出來，楊薇恭恭敬敬送到售樓部的大門外，很有些不捨的表情。其他職員都不知道楊薇在這麼短的時間裏，已經賣出了兩套頂級的天價別墅，要是知道，也得又羨慕又眼紅地要敲詐她一下，讓她大出血請客了。

一下子就賺了五百多萬的獎金，怎麼能不請客？

在宏城廣場上了車，周宣便對李麗說道：

「小麗，現在我們再去超市買點禮品，去你們家，算是周家正式登門吧，商量商量婚事。」

李麗卻把頭搖得跟撥浪鼓一般，一口就拒絕了：

「不要不要，大哥，我爸媽那兒我回去說就好了，你都那麼爲我們家設想了，什麼都不再需要，我爸媽是早就想我跟周濤結婚的，只是我自己不同意，大哥今天都這麼做了，我還能說什麼……」

想了想，下了車對周宣說道：「大哥，你有事就忙你的事，我自己回去，你放心，都交

給我，我來辦就好。」

周宣見李麗很堅決，也就隨了她，笑笑道：「小麗，其實周濤跟著你也會享福的，他雖然是個男孩子，但做事溫馴善良，哪有你這麼有魄力有決斷呢，我倒是很放心。」

李麗臉紅了紅，咬著唇沒說話，只是跟周宣揮手。

周宣呵呵笑著開了車，李麗確實是個好女孩子，有孝心，又善良又聰明，學歷又高，當真是公司的好幫手，周宣本身就不喜歡公司的事，而弟妹到底因爲學歷限制，肯定不如李麗，以後公司的事，還得主要放在她身上。

接下來的二十多天中，周宣不再到處跑，只是安排準備弟弟妹妹的婚禮，在李麗和李爲兩家來回跑，李麗這邊還好說，她們一家都以周宣的安排爲主，沒什麼異議，但李爲家身分特殊，就算周宣這邊考慮周到，還是有不少疏漏之處。

李爲是李雷最小也是最後一個結婚的兒子，是老李最頭痛、但也最疼愛的一個孫子，整個李家也就剩他結婚這樁大事了，加之李家在軍中影響甚深，好友極廣，想要簡單，那也是簡單不了的。

兩棟別墅是已經準備好了，而且豪華程度比周宣自己的老房子還要更好，裏面設施一應俱全，也不用再花心思選傢俱，只買一些家用必需品。

金秀梅連同傅盈，李麗，周瑩一起挑選，有傅盈在一起，自然是往最好的選了，周宣還特意另外辦了一張銀行卡，裏面存了十億現金，讓傅盈隨意用。

公司裏上班的事，周宣強行給周瑩和李麗放了假，公司花錢請了那麼多人才，這時不用還要等到什麼時候？

事都是小事，但繁多無比，周宣頭都跑大了，從沒感覺到這麼疲憊，好似比他下陰河海底都還要累一般。

在婚禮前一天，周宣又去檢查了一遍兩棟別墅，看內部都安排妥當了，這才回家來，家裏老媽，盈盈，妹妹，弟媳，甚至連保姆劉嫂都一起逛超市去了。

周宣樂得清靜一下，躺在沙發就睡著了。睡夢中，見到傅盈一手牽了一個孩子，兩個小孩粉雕玉琢一般，紛紛朝他叫爸爸，周宣樂不可支答應著，彎下腰準備將兩個孩子抱起來時，忽然間就被開門的聲音驚醒了。

睜眼一看，原來是老媽等人逛街回來了，老娘正抱著小思周。

一看到小思周，周宣忽然想起了剛才做的夢，怔了怔，盯著傅盈挺著的大肚子發呆。

傅盈嗔道：「你又發什麼呆？」

周宣摸了摸頭，然後才訕訕地道：「盈盈，我剛才做夢見到兩個孩子都叫我爸爸，我在想，一個孩子是小思周吧，另一個孩子是不是你肚子裏的？」

傅盈咬著唇很生氣：「那就要你自己才明白了，是不是除了我肚子裏的，你還有別人肚

子裏的孩子？」

周宣當即知道自己說錯了話，其實他不是這個意思，只是問的方式錯了。

「盈盈，我不是那個意思，是講錯了意思而已，不知道……」周宣說著又笑了笑，盯著傅盈的肚子說道，「盈盈，你說咱們的孩子是男孩還是女孩？」

「我怎麼知道，我又不會透視……你還好意思說？」傅盈哼了哼便說道，「你這個當爸爸的，從來就沒關心過他，都五六個月了，去醫院檢查都是媽和妹妹陪我去，你幾時去過了？」

周宣抹了抹額頭的汗，趕緊道：

「盈盈，對不起對不起，要不……咱們今天就去醫院，看看是男孩還是女孩？」

傅盈偏著頭望著周宣，好一會兒才說道：

「那你是喜歡男孩還是女孩？」

「男孩女孩我都喜歡，都是我的孩子。」

對於傅盈這個話，周宣倒是很機靈，很乾脆的回答了，毫不猶豫。

這當然也是心裏話，無論是男孩女孩，他都一樣喜歡。

不過，父母或許可能會想要男孩子，但他已經有了小思周，只要傅盈本人沒有意見，那就一切問題都沒有，對於小思周，無論是魏曉雨生的，還是傅盈生的，對周家人來講，都沒有區別，都是周宣的兒子，唯一就是傅盈會不會心裏覺得有些想法。

但周宣很放心，傅盈心地善良，對小思周也像親生的一般，而且周宣有意讓小思周永遠都不要知道真相，讓他當傅盈是親媽。

一想起傅盈剛剛說「我又不會透視」的話，心裏一動，當即想到自己的異能，這不是比超音波透視要更好嗎？放射性的物質對人身體是有害的，而自己異能透視人體是無害的。當即運起異能探測著傅盈的腹部，是個女孩，兩隻小手抱著小臉蛋，跪著小腿，極是可愛。

傅盈見周宣微笑著沉思，當即推了推他的肩膀，嗔道：「你又幹嘛了？」

周宣微笑著用手指在嘴唇上「噓」了一下，輕輕道：「我在看我們的女兒，好可愛，別嚇到了她！」

傅盈一怔，隨即柳眉微皺，正要惱周宣瞎說，但馬上又想到周宣身有異能，真能看到肚中的孩子也不是怪事，跟著又緊張起來，拉著周宣的手怯怯地問道：

「周宣……是女兒嗎？她……她……長什麼樣？像你還是像我？」

周宣哈哈一笑，說道：「當然是像我孩子的媽媽了，秀氣的小臉蛋，小胳膊小腿，什麼都小，真可愛！」

傅盈也不禁憧憬起來，一點兒也沒有周宣所擔心的她想要男孩子的意思，其實周宣不知道，傅盈的思想實際上已經很西式了，對男女性別根本不在乎，男孩女孩都好。

呆著想了一陣，傅盈又皺著眉頭道：「明天……弟妹的婚禮，我也不能幫忙，媽什麼都不讓我幹……」

周宣嘿嘿笑道：「盈盈，照顧好你自己，就當是幫了大忙了，媽呀，哪裡捨得讓你做這做那的？這你又不是不知道。」

剛說完，便見到老媽端了一碟子切成片，用小叉子叉著的蘋果過來，拿了一片送到傅盈嘴邊，說道：

「盈盈，累了，吃片蘋果。」

傅盈張口便吃了，一邊吃一邊說道：「好甜，媽，你也吃一片。」說著，也拿了小叉子叉起一片餵到金秀梅嘴邊。

看著她們兩你餵我一片我餵你一片，周宣不禁叫道：

「媽，我是不是你兒子啊？」

叫了一聲，接著又見到妹妹周瑩和李麗也過來了，四個女人在一起，樂不可支的樣子，唯有李麗叉了一片想給周宣，但她是弟媳，有嫂子，婆婆和小姑都在場，她又怎麼好意思餵給周宣吃呢？

紅著臉，還是把這一片蘋果送進自己嘴裏了，周宣嘆了一聲，苦笑著起身到園子裏，看看花花草草，吸收點新鮮空氣。

下午吃過午餐後，李麗和周瑩又要選婚妙店，明天一早要做新娘妝，周宣便自己一個人到銀行裏，給李麗和周瑩一人辦了一張各有兩億現金的銀行卡，再給父母一人辦了一張各五千萬的銀行卡。自己一向粗心大意的，別搞得父母沒錢用也不知道，索性一次性多放一些。

以父母那種性格，這兩張卡上的錢，便是讓他們用一輩子也用不完，但當兒子的給他們，他們就肯定會收下。

周宣明白得很，父母即使拿了銀行卡，也只會把這錢存著不動，留著以後給自己急用的，老爸老媽從來就是這種心思，什麼都是爲了兒女。

作爲老大，周宣爲弟弟妹妹也做得已經夠好了，所以周蒼松夫婦根本就不擔心。

周宣最爲高興的其實還是傅盈，從來不會過問他的錢要怎麼用，也從來不爲錢的事上心，結婚時，她爺爺父母給的錢都從來沒有用過，至今都躺在銀行卡中，平時的一應開支都是周宣給她辦好的卡來支付。

晚上到深夜，金秀梅和周瑩母女倆還在廳裏說話，傅盈坐在旁邊打瞌睡，卻怎麼也不肯先去睡，要陪著婆婆和小姑，因爲周瑩算是最後一晚是周家人了，明天便成了別人家的人了。

周宣一個人頂不住去睡了，金秀梅和周瑩說的也儘是些婆婆媽媽的事，沒有一件是重要的要緊事，聽得止不住睡意。

周宣幾乎是一上床便睡著了，沒有以前那般，上床睡不著覺，要看書要練功，要分心才能睡著，而現在心裏少了很多擔心的事，自然也就踏實了。

第二天一大早起床後，才發現家裏其他人比他更早，周蒼松也穿著一套高檔西服，胸口戴了紅色禮花，母親也穿著一身旗袍，顯得儀態萬方。

妹妹更顯漂亮了些，而周濤也是穿得整整齊齊的，家裏人的服裝都是傅盈作主買的，眼光確實不錯。而廳裏也多了許多人，魏海洪、傅遠山、張老大等等一干好友，又嫁又娶的，這事一般人家裏還很少出現過。

周宣和周蒼松夫婦像是木偶一般給人擺弄來擺弄去的，沒做什麼事，卻給弄得暈頭轉向的。李麗怎麼來了，周瑩怎麼走了，一家人就像是機器一般。

暈暈乎乎上車回了家後，在客廳裏才發現，弟弟娶媳婦進來了，妹妹嫁出去走了，大廳裏就只有他跟傅盈，金秀梅和周蒼松以及劉嫂五個人。

李爲和周瑩、周濤和李麗都在他們各自的別墅中，總算安靜了下來。

只不過，這個安靜沒有多久，才半個小時不到，妹妹周瑩便哭哭啼啼回來了。沒有幾秒鐘，李爲也灰溜溜地進來，尷尬地站在後面。

金秀梅看到女兒哭得梨花帶雨一般，今天又是結婚的大喜日子，很心痛地把她摟在懷中，一邊又瞪了李爲一眼，問道：

「李爲，你幹了什麼好事？」

李爲結結巴巴地道：「我……我……我什麼事都沒……沒幹，我只是跟周瑩說，明天還是搬回家裏住，爺爺年紀大了，在……在家陪陪爺爺，周瑩不……不幹，這就哭了跑回來了……」

周宣當即明白是什麼事了，苦笑著看著老娘。

周瑩抬著淚眼惱道：「你讓我回你家住，說得凶巴巴的，我說在我們家住，陪陪我爸媽，怎麼你就不答應了？」

周宣當真是哭笑不得。

金秀梅一聽不是女婿欺負女兒，也就放心了，當下便板起臉對女兒說道：

「你……太不像話，跟李爲回去！女兒家，要遵守三從四德，在家從父，出嫁從夫，李爲怎麼安排，你就得怎麼做。」

周瑩聽到老媽忽然轉變了態度，抹了一把眼淚，詫道：

「媽，你幫我還是幫他啊？」

金秀梅知道此刻不能跟女兒嬉皮笑臉的，只要臉色一緩和，女兒便說不聽了，當即又喝

道：「你在家，有媽幫你，因爲媽是家長，可是今天你嫁人了，以後就是李家的人了。沒聽說過嗎？嫁出去的女兒，潑出去的水，你……趕緊跟李爲回去。」

見老媽說得這麼絕情，周瑩「哇」的一聲又哭了出來，捂著臉就奔出了門去。

金秀梅趕緊對李爲使了個眼色，說道：「還不快去追？」

李爲恍然大悟，趕緊扭身就追了出去。

等到李爲跑出去後，金秀梅不禁流起淚來，嘴裏念道：「我的女兒，我的女兒……」

周宣鼻子也有些發酸，從小愛護著的妹妹今天便成了別家的人，總是有些不習慣，不過，也不想跟老媽一起陪她哭，乾脆推說頭痛，到樓上房間裏休息了。

第二天早上正好睡時，又給人拉了起來，睜眼一看，原來是周瑩，不禁詫道：

「你……你你……怎麼又回來了？」

「哥，你還真當我不姓周了？我怎麼就不能回來了？是不是不要我了？」周瑩咬著嘴唇，一臉的不高興，停了停才又說道，「今天回門，我們是回家作客的，你是不是要趕我這個外人走啊？」

周宣這才省悟，捏了捏周瑩的鼻子，訕訕道：「哥錯了，行不？趕緊走吧，哥要起床了。」

周瑩道：「不走。」

周宣苦笑起來，不走就不走吧，在妹妹面前也不避嫌，穿了衣褲，然後問道：「你嫂子呢？」

傅盈幾時起的床他都不知道，近來這瞌睡也太大了，怕是被小偷把自己搬走都不知道吧？

「在下面呢，二哥和二嫂還等著你下去敬茶，然後也要回門去了。」

「啊喲，我都忘了。」周宣趕緊胡亂漱洗一番，然後拖了周瑩一起下樓。邊走邊見周瑩笑嘻嘻的模樣，奇怪地問道：「你一直在笑什麼？」

周瑩得意洋洋地道：「昨天去了李爲家，我讓他跪了一晚上的床，早上醒來，看到他趴在被子上睡著的，早上又給我寫了一封保證書，我才跟他講和的。」

周宣不禁頭都大了，他和周濤兩兄弟都是老實人，這個妹妹卻是古靈精怪，原以爲她跟李爲結婚後，會受李爲的管制，李爲本就是個天不怕地不怕的人，沒有什麼他不敢做的事，沒想到自己的妹妹卻是把他吃得死死的。

下樓後，在客廳裏，見李爲難得的穿著西服打著領帶，規規矩矩坐在沙發上。周濤跟李麗也是規規矩矩的，只有周瑩，一下樓便嘻嘻哈哈往金秀梅身邊擠。

看到周宣下來了，李麗趕緊起身將茶盤端起來，先請周宣到周蒼松和金秀梅身邊坐下

來，然後逐一給他們四個人遞上茶杯。

「爸，請喝茶。」

「媽，請喝茶。」

「哥，請喝茶。」

「盈盈嫂子，請喝茶。」

而周濤卻是傻乎乎站在她身邊，李麗敬完茶後，才輕輕捅了一下他，周濤趕緊從她端著的盤子裏面拿了茶杯，也一一送上。

周蒼松和金秀梅認真地喝了，周宣卻道：「都是自家人，講那麼多的規矩幹嘛，不……」

金秀梅卻是一下子打斷他的話，說道：

「誰說的？就算在咱們鄉下，這個規矩也是要守的，一輩子一次，你是大哥，是長子，弟妹敬茶是應該的。」

周宣只得訕訕接下來，然後輕輕喝了一小口，想了想，趕緊又從衣袋裏把銀行卡掏了出來，先給李爲和李麗各一張，說道：

「這個你們拿著，是哥給的零用錢。」

李麗猶豫地看了看周濤，不想接，而李爲卻一把就接了過去，終於開口笑了：

「大哥給的錢，那得接了，我正窮著呢……啊喲。」

「啊喲」一聲喊，原來是周瑩一把把銀行卡搶了過去，哼了哼道：「這是我哥給的，得存起來留作急用。你高興什麼？這錢要是拿給你招待你那些狐朋狗友，兩天便撒光了，不能給你，由我保管。」

李爲頓時傻了。哪想到這卡才摸了一下就被沒收了，還不知道裏面有多少錢呢。但想來，周宣也不會只給幾十萬吧？按照周宣的大方程度，裡面起碼也有個幾百萬才對，不過少一點自己才不心疼，多了會心疼死。

李爲想了想，扭頭對周宣悄悄說道：「大哥，卡裏放了多少錢？」

周宣又是氣又是好笑地道：「能有多少？也就兩億吧。」

「兩……兩億？」

李爲頓時張大了嘴合不攏來，瞧周宣的表情，肯定不是假的，而且周宣從來都不說假話，兩億啊。兩億現金在自己手上就待了幾秒鐘不到吧，轉眼間就又落到了老婆手中。

李爲懊惱得緊，平時零用錢就不多，根本不夠用，好在現在每天跟著周瑩後，那些胡天胡地的開支大大減少了。不過不如意的是，周宣給他一百五十萬的年薪，每月工資收入全被周瑩拿去管理了，還明確規定李爲：「每個月發五千塊零用，多的存起來。」

李爲可憐兮兮地對周瑩道：「小瑩，工資也被你全權收繳了，這大哥給我的零用錢，你

也沒收了，我看還是把每月的零用錢提高點額度吧，每月一萬塊好不好？」

周瑩扁了扁嘴，哼道：「不行，你還獅子大開口，漲個三百兩百還可以考慮，一下子漲五千，你膽子大啦？」

李爲苦著臉道：「你……大哥給我兩億都讓你收繳了，就讓你給我加個五千塊，你還不情不願的？」

一聽說這卡裏有兩億，李麗也是吃了一驚，趕緊把卡片遞還到周宣面前，怯怯地道：「大哥，這……太多了，本來房子就很奢侈了，這錢，我是不能要的。」

周宣喝道：「說什麼話？因爲你們是我家人，是我親人，我也是有錢才給你們，沒錢，我給得了嗎？好好拿著吧，早跟你說過了，你大哥我缺什麼，就是不缺錢嘛，拿著，拿著。」

周宣說著，又把另兩張卡遞給父母，說道：「爸，媽，這兩張卡裏有點零用錢，你們拿著吧，我記性不好，很久沒給爸媽家用了，這次索性多給點。」

聽到周宣說多給點，周蒼松便知道這卡裏的錢絕不是少數，想了想，也不推辭，就把卡收了起來。兒子不大會管賬理財，給的錢先放起來，以後如果萬一有急用的時候，拿出來應急也好。

吃過早飯後，周濤和李麗回娘家，李爲和周瑩也回李家，周宣給的別墅就當是臨時住所，大部分時間還得回自己家裏。

周瑩鬧過後，李爲一服輸，她還是依了他，話雖說得狠，但想著的還是李爲。爸媽說得也是，嫁了人，就是人家的人，不能再像以前那麼任性了。在家裏，爸媽捨不得她吃苦，大哥二哥疼她，可現在嫁人了，家裏人對她也不能那麼隨便了。

就從昨天老媽幫李爲就能看得出來，以後自己要是跟李爲吵架了，不用說，爸媽幫的肯定是李爲，責備的是自己。

忙過弟妹的婚事後，又接近一個星期，弟弟妹妹都到公司上班了，一家人的生活才算又恢復正常。

傅盈也七個月身孕了，身形臃腫，想想以前的身材，連門都不想出。周宣反正沒什麼事，就在家陪她，沒事去釣釣魚、逛逛公園什麼的。

這一日，兩人吃過早餐後，便駕車到東嶺水庫的魚場釣魚，實際上，周宣並不太懂釣魚，不過看著大自然的山水風光，心情就覺得很舒服。

去的時候，周宣還帶了一張折疊躺椅，是特地讓傅盈躺著用的，而他自己則坐在池邊跟那群老頭釣魚閒聊。

這一帶，水深大約有八九米，再到裏邊就更深一些，在周宣探測得到的地方，最深有

二十來米，裏面的魚不少，但大魚卻不多。

當然，周宣只能探測到兩百米以內的地方，偌大一個水庫，綿延十幾里的山勢，裏面肯定是有大魚的，不過，最大也可能就幾十斤重，到底是內陸湖泊，不比大海中，是不可能有海魚那麼大的。

反正只是爲了散散心，圖個開心，所以周宣根本就不用異能去抓魚，釣了幾個小時，只釣到一條三四兩的鯽魚。

周宣看了看天，到中午了，怕傅盈肚子餓，就把魚竿收了，對看著水庫發呆的傅盈說道：「盈盈，走吧，我帶你去吃點東西。」

傅盈搖搖頭道：「天太熱，我不想吃。」

「那去吃冷飲，好不好？」周宣笑著又說道，一邊扶著傅盈站起來，牽著她的手，慢慢往停車場處走去。

周宣看著依然嬌豔如花的傅盈，此刻臉上全是母性的溫柔，心裏覺得真是開心，這一生，他不想再求什麼大富大貴，只要跟盈盈在一起，過得開開心心的，比什麼都強。

到停車場，周宣把車開了出來，然後打開車門，把傅盈扶上車，自己再從另一邊上了車，一路緩緩沿著公路開回去。

到山下時，手機卻突然響了起來，拿起來一看，來電顯示是張蕾的電話，不禁詫異了一下，臉有些發燒，不知道該不該接。

有傅盈在身邊，要是張蕾說些什麼奇怪的話，還真不知道怎麼回答。那次他跟她莫名其妙喝醉了，在一起睡了一晚，到現在都還有點不敢再跟張蕾見面。

從到南邊抓毒販時起，他就再沒見過張蕾了，這一晃又過了一個多月，她忽然打電話給自己，是要幹什麼？

請續看《淘寶黃金手II》卷十　至寶奇能

淘寶黃金手II 卷九 大起大落

作者：羅曉
出版者：風雲時代出版股份有限公司
出版所：風雲時代出版股份有限公司
地址：105台北市民生東路五段178號7樓之3
風雲書網：http://www.eastbooks.com.tw
官方部落格：http://eastbooks.pixnet.net/blog
Facebook：http://www.facebook.com/h7560949
信箱：h7560949@ms15.hinet.net
郵撥帳號：12043291
服務專線：(02)27560949
傳真專線：(02)27653799
執行主編：朱墨菲
美術編輯：許惠芳

法律顧問：永然法律事務所 李永然律師
北辰著作權事務所 蕭雄淋律師

版權授權：蔡雷平
初版日期：2013年12月
初版二刷：2013年12月20日
ISBN ：978-986-5803-39-1

總經銷：成信文化事業股份有限公司
地　址：新北市新店區中正路四維巷二弄2號4樓
電　話：(02)2219-2080

行政院新聞局局版台業字第3595號 營利事業統一編號22759935

定價：280元　特價：199元

國家圖書館出版品預行編目資料

淘寶黃金手II／羅曉著. -- 初版-- 臺北市：風雲時代，
2013.07 -- 冊；公分

ISBN 978-986-5803-39-1（第9冊；平裝）

857.7　　102010303